dear+ novel
karewa koiwo tomerarenai

彼は恋を止められない

安西リカ

新書館ディアプラス文庫

彼は恋を止められない

contents

illustration：街子マドカ

彼は恋を
止められない
Karewa Koiwo
Tomerarenai

1

ありがとうございましたー、と引っ越し業者の若い男たちがそれぞれ帽子を取って元気よく挨拶《あいさつ》した。

「どうもご苦労様でした。これ、よかったらみなさんで」

用意していたドリンクの入った袋をリーダーの男に渡し、三原蒼《みはらそう》は笑顔を作った。

「ありがとうございます、それじゃ遠慮なく」

来たときにはどこかトゲのある目をしていたリーダーは、すっかり態度を軟化させていた。

一番安い部屋でも億を下らないマンションに住もうとしている若い男二人に、引っ越し業者がうっすらとした嫌厭感《けんえんかん》を持つのはわからなくもない。作業開始時には「何の仕事してるんだ、こいつら」「男二人で同じ寝室かよ」という声なき声が聴こえてきそうだったが、まあそうだろうな、と思ったので蒼は気にしなかった。

仮にもプロが客の好き嫌いで手を抜いたりするとも思わないが、快適に作業してもらえるようにと気を配るのは総務《バックオフィス》勤めの習い性《しょう》かもしれない。最初はどこかつっけんどんだった「これはどっちに?」とか「この梱包《こんぽう》解きますか?」とかの声かけにも愛想《あいそ》よく応対しているうちに、業者の態度も徐々に柔らかくなり、引っ越し作業はスムーズに終わった。

「それじゃ、失礼しまーす」

「どうもありがとうございました」

玄関ドアを閉め、やれやれ、と蒼はほっと息をついた。

「思ったより早く終わったよね」

今日から一緒に暮らすことになった年下の彼氏に話しかけながらリビングに入ると、ベランダに出ていたらしい雪郷《ゆきさと》が中に入ってくるところだった。秋晴れのさらりとした空気に、金木《きんもく》犀《せい》の甘い香りが漂《ただよ》っている。

「業者さん帰ったの？」

「うん。今帰ってった」

だぼっとした服ばかり着る雪郷は、かなり大柄だ。野暮ったい黒ぶち眼鏡をかけているが、その向こうの瞳は蒼を見つけると自動的にやさしく和《なご》む。

首にいつものヘッドフォンをひっかけていて、どうやらベランダで仕事の電話をしていたようだ。

「ごめん、音楽監督さんから電話がかかってきて、打ち合わせしてた」

雪郷は楽曲配信と、アニメやゲームの劇伴《げきばん》作曲を主な仕事にしている。らしい。

蒼はアニメにもゲームにも興味がないし、勤務しているのは大手資材メーカーの総務部だ。

雪郷がどういうポジションでどういう仕事をしているのか、つき合って半年以上経《た》つのに、今一つよくわかっていなかった。

ただ、雪郷が一般人にはとても手の出ないような物件を「蒼ちゃんと暮らしたい」という理由で購入してしまえるだけの経済力がある、ということはこの引っ越しでわかった。

つき合うようになるまでは、いつも同じような服を着ている雪郷に、むしろ「あんまりお金ないんだろうな」と思って、蒼は気を遣っていたくらいだった。

つき合うようになってから意外に金回りがいいなと気づき、雪郷が使う機材の値段を知って「ん？」と思い、最終的に「ここだったら俺は家で仕事できるし、蒼ちゃんも通勤楽だと思うし」と同棲を持ち掛けられて、雪郷の経済力を知った。

「ここどうかな」と雪郷がこのマンションの物件情報を差し出したのは、ひと月ほど前のことだ。

なにげなく詳細に目をやって、蒼は「は？」と超一等地の住所と最寄り駅を二度見した。しかも百平米をゆうに超える広さで、築年数は経っているものの、いわゆる億ション物件になる。

冗談かと半笑いになったが、雪郷はごく真面目な顔をしていた。

「この前蒼ちゃん、そのうち一緒に暮らしたいねって言ってくれただろ？　だから奥村《おくむら》さんに蒼ちゃんの会社の最寄り駅言って、いい物件あったら教えてって頼んでたんだよ」

奥村さん、というのは雪郷のマネジメントを一手に引き受けているクリエイター事務所の女性だ。雪郷がマネジメントを必要とするほどの仕事量をこなしているということも、蒼はつき合うようになってから知った。

「ここなら蒼ちゃん通勤楽だし、いいと思うんだけど」

「いや…でも家賃いくら？　絶対無理だよ」

「賃貸じゃないよ。分譲だよ」

「分譲⁉」

驚きで声が大きくなった。

「仕事部屋つくるのに音響工事するから賃貸は無理だよ。でもここなら引っ越ししたくなってもすぐ買い手がつくから大丈夫」

「いやいやいやいや、ぜんぜん大丈夫じゃないから。って、えっ、雪郷、買えちゃうの？」

まさかと思ってストレートに訊くと、雪郷はこともなげにうなずいた。

「取得税とか諸経費とか、もろもろかかるのもぜんぶ計算して、ここならぎりぎりキャッシュで払える」

「は？　キャッシュ？」

今度こそ驚いて、素《す》っ頓狂《とんきょう》な声が出た。

「俺、高校のころから今の仕事してるだろ。音楽の他に金かかる趣味もないから自然に貯まってたんだよ。固定資産税とか管理費とか高いから、それでもけっこう支払い多いんだけど、俺、今払ってる税金もすごいから、計算してもらったらトータルでそっちのほうがいいみたい」

蒼はぽかんとして雪郷の説明を聞いていた。

最近は音楽配信サイトからの収入もかなり増えてきたので、税金対策のためにも音響設備の整った仕事部屋を持ったほうがいいのでは、と助言されていたらしい。

「俺の都合でここにしたいんだから、蒼ちゃんは金のことは気にしないで。それより間取りとか、通勤経路とか、気になるところある?」

「いやー…それはないけど」

「じゃあ決まりね。手付だけでも早く払わないと、よそに流れる」

決断力にあふれる年下の彼氏は、蒼の気が変わらないうちに、とばかりにさっさと結論を出した。

正直、自分の収入ではとても手の出ない一等地のマンションに、四つも年下の彼氏の経済力で住むのには抵抗があった。つき合って半年で同棲するのは早すぎるんじゃないかという危惧《きぐ》もあった。が、雪郷にとってはあらゆる面で条件のいい物件だとわかったので、思い切って乗ることにした。

それから話はとんとん進み、あっと言う間に入居の運びとなった。

築年数はそれなりに経っているので最新式の設備が入っているわけではないし、間取りも普通だ。それでもとにかく場所がいい。広さも採光も十分なリビングの真ん中で、なんとなく雪郷と顔を見あわせた。

「それにしても早く終わったね」

「蒼ちゃんの荷物が少ないからだよ」

蒼は今まで住んでいたワンルームが会社との契約なので、退去期限にゆとりがあった。おかげで慌ててあれこれ処分したり片付けたりしなくて済んだ。家具や家電は新居に合うものを二人で選んだので、引っ越しといっても衣類や最低限必要なものを運んだだけだ。

「俺の機材、工事が終わるまでリビングにおきっぱだから落ち着かないけど、ごめん」

雪郷が梱包したままの機材の山に目をやって謝った。

2LDKの一部屋を寝室に、一部屋を雪郷の仕事部屋にする予定で、音響関係の工事をするのに一週間ほどかかる。その間機材はリビングに置いておくしかない。

「ぜんぜんいいよ。こんな広いんだから邪魔になんかなんかないし」

「奥村さんたちが来るのも、本当にいい？」

仕事部屋が整ったら、そのお披露目《ひろめ》も兼ねて、雪郷の仕事仲間や事務所の人たちを招《よ》んで新居祝いをすることになっていた。

「もちろんいいよ。この部屋紹介してくれたんだから、俺も同居するのに奥村さんに挨拶しときたいと思ってたし、雪郷が仲良くしてる人たちなら会ってみたいしね」

蒼は知らない人と話すのが好きだ。声優とかゲームプロデューサーとか、馴染《なじ》みのない業界人に好奇心もある。

「じゃあよかった。…蒼ちゃん」

雪郷が少しかがんで正面から視線を合わせてきた。

「一緒に住んでくれて、ありがとう」

黒ぶち眼鏡の向こうで、雪郷の生真面目な瞳がじっと蒼を見つめている。はにかむような表情が少年ぽくて、蒼はこんなふうに見つめられると、いつも胸がきゅっと甘く絞《しぼ》られた。

「それはこっちの台詞《セリフ》だよ。雪郷のおかげでこんないいとこに住めるんだし」

「仲良くしようね」

「もちろん！」

蒼が雪郷の首に腕を回すと、雪郷も蒼のウエストを引きつけた。

雪郷は背が高いだけでなく、身体に厚みがある。運動不足解消のためにジムには通っているが、そこまで熱心に筋トレをしているわけでもないのに見事な筋肉がついていた。それでいて自分の見かけには無頓着《むとんちゃく》で、いつも野暮ったい黒ぶち眼鏡をかけ、服も楽だという理由でオーバーサイズを好んで着る。

何も身につけていない状態が一番かっこいい、というのは「自分だけが知ってる」感があっていい……、と内心にやけたところで、腰の上あたりに固いものが当たった。

「ごめん」

雪郷が気恥ずかしそうに笑って蒼を離そうとした。

年下の彼氏は「同居しよう」という提案は押しまくるくせに、こちら方面はいつも遠慮がちだ。

「雪郷」

恋人が自分に欲情してくれるのはものすごく嬉しいし、この状況で二人きりで抱きしめ合ったら、盛り上がらないほうがおかしい。

蒼は雪郷のトレーナーの端を引っ張った。

「えっと。あの、…あっち行く？」

誘い慣れていなくて、我ながらぎこちない。

経験自体は普通にあっても、自分から誘うというのが、蒼にはなかなかのハードルだった。もう少し色っぽく、かつ年上の余裕で誘えないものかと自分で思う。が、そんなへたくそな誘いでも、雪郷はわずかに目を見開き、面映《おもは》ゆそうに口元をほころばせた。

「いいの？」

返事の代わりに蒼は雪郷の唇にキスをした。これはいい感じに決まった。

「じゃあ」

「うん」

お互い照れ笑いで意思確認をする。

つき合って半年以上たつが、実はまだこちら方面はぜんぜんこなれていなかった。遠慮しがちな雪郷と、誘い下手の蒼という組み合わせもあるが、物理的になかなか会えなかったのが一番の原因だ。

ウィークデーは蒼が仕事で遅くなるし、週末は雪郷のほうに収録の立ち合いがあったりする。同居に踏み切ったのには、思うように会えないもどかしさもあった。

一緒に暮らしていればぜんぶが日常になっていく。今はいちいち相手の出方をうかがってぎこちなくお誘いしていることも、阿吽《あうん》の呼吸で合意に至る。荻野《おぎの》とは、そうだった。

寝室に向おうとして、ふっと別れた男の顔が頭をよぎった。

――晃一《こういち》だったら問答無用でソファに押し倒してきたか、最悪床に転がされてたな……。

荻野晃一は、蒼が雪郷と関係を持つまでつき合っていた、腐《くさ》れ縁《えん》だった男だ。

「行こう」

頭に浮かんだ前の彼氏の顔にびっくりして、急いで雪郷の手を取った。

どうして急に別れた男のことを思い出したのか、その理由はわかっていた。

――荻野、近いうちにこっち帰ってくるらしいな。

一昨日《おととい》、荻野と共通の友人の嶋田《しまだ》から、そんなメッセージを受け取った。

――向こうの仕事が軌道《きどう》に乗ったんで一回東京に戻るって。

荻野とは大学に入ってすぐつき合い始め、十年以上も別れようとしてはやり直すのを繰り返していた。

荻野が日本に帰ってくる、とそのことがいつも頭の片隅に居座って、だからひょいと思い出した。うっすらとした嫌な胸騒ぎとともに。

「蒼ちゃん」

雪郷がそっと名前を呼んだ。

寝室には、買ったばかりのベッドが二つ、梱包を解かれて設置されていた。窓のほうに頭を向け、間にナイトテーブルをはさんで並んでいる。本当は二台をくっつけて置くつもりだったのに、業者に位置確認されたとき、ついホテルのツイン仕様で指示してしまった。雪郷が一瞬あれ？　という顔をした。

「ごめん、なんか恥ずかしくて、くっつけてって言えなかった」

マットレスはむきだしで、まだなにもかかっていない。

「雪郷、シーツ……」

「大丈夫」

雪郷が自分のトレーナーを首から抜いて、適当に広げた。着古したルーズな服の下にはジムで鍛《きた》えた身体が隠れている。

ウィンドルーバーが閉じていて、部屋は薄暗い。こもった空気に息が弾《はず》んだ。

「――蒼ちゃん」

雪郷に触れられると、蒼はいつも自分がものすごく希少《きしょう》なものになった気がする。大事に思ってくれているのが、優しい手の動きから伝わってくる。

服を脱がし、脱がされ、合間にキスを交わす。

幸せを感じながら、蒼は「もっと乱暴にしたっていいんだけどな」とちらっと考えた。

雪郷は強引なことはしないし、いつでも蒼を最大限に気遣ってくれる。嬉しい反面、そのぶん蒼も「雪郷、これで満足してるのかな」「ちゃんと興奮してくれてるかな」と気になってしまう。

好きすぎるのも考えものだな、とこのところ蒼はセックスのたびにそんな考察をしていた。快楽に我を忘れる前に、雪郷がどう思うかばかり気になって、ついついいろんな遠慮をしてしまう。

とはいえ、好きな人と抱き合えるのはこの上ない歓《よろこ》びだ。

雪郷が眼鏡を取ると、蒼は他愛《たわい》もなくときめいた。

野暮ったい黒ぶち眼鏡を外すと、高くて形のいい鼻梁《びりょう》に睫毛《まつげ》の長いくっきりした二重の瞳で、惚れた欲目を別にしても、雪郷はかなりの美形だ。でも本人はまったく自分の見かけに頓着《とんちゃく》していない。そんなところもものすごく好きだ。

何度かキスを交わし、微笑《ほほえ》み合って、今度は蒼のほうから深いキスをしようとしたとき、脱ぎ散らしていた服の中から蒼のスマホが鳴った。

いいとこなのに、と思いつつ反射的に目をやると、ロック画面にトークアプリのメッセージが表示されたところだった。見慣れないアイコンに、誰だろう？　と目を凝《こ》らす。

〈蒼、久しぶり〉

トークに目をやったまま、蒼は固まった。すぐまた次のトークが入る。

〈元気か？　近いうちそっちに帰るからまた連絡する〉

KOU　OGINO
アイコンの名前を目にして、荻野の顔が頭をよぎった。甘い顔立ち、いつも笑っているような口元。

雪郷とつき合うことになった直後、荻野は仕事で渡米《とべい》した。それからは一度も会っていないし、もちろん連絡もしていない。

「蒼ちゃん？」

「あ、ごめん」

驚きすぎて、蒼はとっさにスマホをオフにした。

別れてすぐ、蒼は荻野に関するものはきれいさっぱり処分した。連絡手段も消去した。

ただ、荻野とは共通の友人が多すぎた。今、荻野が送ってきたのも、たぶんグループで使っているどれかのトークアプリだ。荻野だけ表示しない設定にしていたはずだが、洩《も》れがあったのかもしれない。

「ごめんんね、電源切っとけばよかった」

動揺を悟《さと》られないように、蒼はどうでもよさそうにスマホを放り出し、雪郷のほうに手を伸ばした。

2

かんぱーい、という陽気な声とともに、グラスが一斉にかかげられた。

声優が複数まじっているだけあって、掛け声にも不思議な張りとリズムがある。

新居祝いと仕事場のお披露目《ひろめ》を兼ねて、雪郷《ゆきさと》の親しい仕事仲間が集まったのは引っ越しをして二週間後の夜だった。

「三原《みはら》さん、乾杯」

「あ、どうも」

隣にいた奥村《おくむら》にグラスを差し出され、蒼《そう》は慌てて自分のグラスをかちんと彼女のものに合わせた。

当初は五、六人だと聞いていたのに、あとからあとから追加で人数が増え、最終的には二十人近くも集まった。全員に座ってもらうだけのゆとりはないので、ダイニングやリビングに立ったり座ったりでちょっとした立食パーティのようになっている。まだ引っ越し荷物は完全に片付いていないが、かえって人を呼ぶスペースは作りやすかった。

「これでもだいぶ人数絞《しぼ》ったんですが、どうしても行きたいって連中を仕分けられませんでした。申し訳ありません」

奥村がほとんど表情を動かさずに謝った。

雪郷《ゆきさと》のマネジメントを担当している奥村は三十代後半の、いかにも仕事のできそうな人だった。腰回りに貫禄《かんろく》があり、眼光が鋭《するど》い。

中学のときからお世話になってて、親戚くらいのつき合いで、と雪郷から聞いていたので、蒼は勝手に愛想《あいそ》のいい世話好きな女性を想像していた。ぜんぜん違う。女の子はこういうのが好きですから、と美しいスイーツやフィンガーフードを持参して、早めに来て準備を手伝ってくれたが、とにかく表情に乏《とぼ》しくにこりともしないので、蒼はだいぶ戸惑った。

「初めはとっつきにくいかもしれないけど、優しい人だよ」

雪郷がそう言うのならそうなんだろうな…、と蒼は「奥村さんには何から何までお世話になって、本当にありがとうございました」と改めて奥村に頭を下げた。

「とんでもない。三原さんと交際することになってから、蒼ちゃん蒼ちゃんって打ち合わせの半分がおのろけになっていましたので一緒に住んでいただけて助かりました。これでちょっとは落ち着くでしょう」

「はあ」

抑揚《よくよう》のない声で「おのろけ」とか「蒼ちゃん蒼ちゃん」と口真似されると、どうリアクションしていいのか悩む。

雪郷は中学のころから楽曲配信サイトで活動していて、収入を得るようになったのはもう少しあとだが、奥村は初期から注目しており、イベントなどでは必ず声をかけていたという。

「堤《つつみ》君はなんでもこなせる才人ですが、劇伴《げきばん》に関しては私は彼は天才だと思っています。彼はこれからもっと活躍しますよ」

淡々とした調子なのがかえって説得力がある。

その雪郷は、リビングのソファで声優の女の子や同業だという男に取り囲まれていた。本人は騒ぐタイプではないので笑っているだけだが、周囲は楽しそうに盛り上がっている。

「雪郷ってちゃんと稼《かせ》いでるクリエイターなんだよなあ。ふだん忘れてるけど」

奥村とは反対側の隣にいた嶋田が、感慨深そうに呟いた。

嶋田は学生時代からの蒼の友人で、フットワークが軽く、ノリがいい。好奇心も強くて、声優さん大集合なら俺も行きたい、と新居祝いの話を聞きつけてやってきてくれた。小柄だが自分に似合うものをよく知っていて、今日はスタンドカラーの白シャツにグレーのワイドパンツを合わせ、細い金縁《きんぶち》の丸眼鏡をかけている。

「そちらは?」

奥村に声をかけられ、嶋田はにっこりして胸ポケットから名刺を出した。

「初めまして、嶋田といいます。僕は美容師やってます。髪質に合わせたカット技術には自信がありますんで、よかったらそのＱＲコードからご指名ください」

抜け目なくアピールする嶋田に、奥村が「では私も」と名刺を出した。表情が乏しく声に抑揚はないが、マネジメントの仕事をしているだけあって社交性はあるようだ。

「美容師さんですか。それでそんなにお洒落《しゃれ》なんですね。もしかして三原さんの髪も嶋田さんが？」

「はい、僕が担当してます。っていうか、顔のいい友達は全員カットモデルにしてるんですよ。雪郷にはめんどくさいって断られるんですけどねー」

「それはもったいない。こんど私が説得してみましょう」

嶋田の名刺のＱＲコードをスマホで読み取りながら、奥村がそういえば、というように蒼のほうを向いた。

「三原さんはＳＮＳはなにかやっておられますか？」

「ああ、こいつはぜんぜんですよ」

嶋田が横から口をはさんだ。

「やんないヤツはぜんぜんやんないですからね。俺なんかは仕事絡みであれこれやってますけど。雪郷もでしょう？」

「堤君もさっぱりです。公式は私が動かしてますが、本当はもうちょっとプライベートの情報発信もしたいところなんですがね。それじゃあ三原さんの連絡先を教えておいていただけますか?」

連絡先を交換し、話が弾《はず》みはじめたタイミングで、雪郷が「蒼ちゃん」と手招きしてきた。蒼は「ちょっとごめん」とその場を離れた。

「蒼ちゃん、もう一回紹介するね」

雪郷が周囲にいた声優やプロデューサーといった面々と引き合わせた。来たときに軽く挨拶《あいさつ》はしていたが、まだちゃんと紹介してもらっていなかった。

「初めまして、三原蒼です」

次々に名前を教えられても覚えきれないが、蒼はいつものように愛想よく挨拶をした。

雪郷は自分のパートナーが同性だということをまったく隠していない。蒼も会社や自分の家族には伏せているが、それ以外は基本的にオープンにしていた。

「いや、それにしても美形だねえ」

一番年かさの男がつくづく感心したように蒼を眺めた。

「ねー、わたしもタレントさんかと思っちゃった」

「ほんとほんと」

いきなり容姿について口にされると、正直少し鼻白《はなじろ》む。それでも蒼は「いえいえ、そんな」と控えめに応じた。

「お仕事は、なにされてるんですか?」

「資材メーカーの会社員です」

意外、とみんなが目を瞠《みは》る。

「それじゃ堤君とはどこで知り合ったんですか？」

畑違いの仕事をしていて、年齢も若干《じゃっかん》離れているのでこの質問はよくされる。

「友達の紹介、ですね」

ゲイバーの常連同士で知り合いました、というのを蒼は少しマイルドに表現した。

「と言っても、一年くらいはただの友達だったんですけど」

ＡＬＴＯは新宿にある有名なゲイバーで、蒼は学生時代から元カレの荻野《おぎの》と一緒に通っていた。本格的なビリヤード台やダーツが置いてあり、ゲイバーと知らずに大学生グループが入ってくるようなカジュアルな店だ。

雪郷はいつのころからか音楽仲間と連れだってやってきて、ＤＪブースで遊んでいるのをしょっちゅう見かけるようになった。

蒼は音楽に疎《うと》いので知らなかったが、ループアニメーションに楽曲を乗せるチャンネルを動画配信サイトでやっていて、「ＹＵＫＩＳＡＴＯ」は海外のビートメイカーの間ではかなり有名らしかった。

荻野も雪郷の名前までは知らなかったが「あの子のサンプリングセンス、滅茶苦茶《めちゃくちゃ》いいな」と声をかけ、それから店で顔を合わせれば一緒に呑むようになった。

雪郷はいつも首にヘッドフォンを引っかけ、伸びたジャージの上下や緩《ゆる》いジョガーパンツといった格好をしていた。上背があって、顔立ちもいいので、その野暮ったい服装や黒ぶち眼鏡がかえってスタイリッシュに見える。

控えめだが明るい性格の雪郷はみんなに好かれ、荻野ともよく音楽の話で盛り上がっていた。

「蒼ちゃんは俺には高嶺《たかね》の花だったから、そのころはつき合えるとか考えたこともなかった。一緒に住んでくれるって、今もなんか信じられないくらい」

雪郷の素朴な述懐《じゅつかい》に、女性陣があらまー、と冷やかすように笑う。蒼も気恥ずかしいのを笑ってごまかした。

「けど、三原さんが普通の会社員なんて、なんだかもったいないなあ」

雪郷の横にいた男が口をはさんできた。

ゲームプロデューサーだというこの男が、蒼は最初から気になっていた。独特の目つきに、「この人バイかも」とセンサーが働く。蒼は昔からなぜかバイセクシャルの男に目をつけられやすかった。

「三原さん、今度飲みにいきませんか？　あ、もちろん堤君も一緒に」

案の定、雑談の合間にそんなことを言って、さりげなく名刺を出してきた。雪郷も一緒なら名刺などいらないはずだが、差し出されたのでしかたなく受け取ろうとした。

「それは俺が預かっときますね」

雪郷が気づいて、すかさず名刺を取り上げた。

わかりやすい牽制《けんせい》に、男は目を丸くして、それから小さく噴き出した。

「心狭いなー、堤君」

周りは冗談にして笑ったが、雪郷は目が笑っていない。ポケットの中で名刺をぐしゃっとやったのがわかり、蒼はうわ、と首をすくめた。

雪郷は、本当にこういうことに関してだけは心が狭い。

そして蒼は雪郷が目を光らせるたび、毎回新鮮に驚いた。

前につき合っていた荻野は、蒼が誰かに言い寄られようと口説《くど》かれようと、ほとんど気にしていなかった。

そもそも荻野は一対一の関係性を絶対視していない。おまえもちょっとは遊べばいいのに、と言われたことすらあった。蒼が多少他の男に目を向けたとしても、どうせまた自分のところに戻ってくるという絶対の自信をもっていたのもあるのだろう。

雪郷はちょうどその逆だ。

蒼が他の男に傾かないかといつもどこかで心配している。

「俺は、蒼ちゃんの弱ってるところにつけこんだから」

雪郷は時々そんなふうに言う。

初めて雪郷と関係をもったとき、蒼はまだ荻野と完全には切れていなかった。それなのに、雪郷と寝た。

お互い大好きな恋人同士なのに、なかなかしっくりこない遠因《えんいん》はそれだ。

喧嘩どころかちょっとした意見の相違もお互い譲《ゆず》りまくるので、この上なく仲はいいはずなのに、なんとなく不安定だ。雪郷は「喧嘩にでもなったら、また蒼ちゃんは他の男にいってしまうかも」という懸念《けねん》が払拭《ふっしょく》できないようだし、蒼は蒼で「俺がちゃんとしなかったから」という負い目があって、つい気を遣いすぎてしまう。

だからこそ、蒼は早すぎる同棲に踏み切った。これから雪郷と一日一日を積み重ねて、たくさん喧嘩して、同じ回数仲直りをして、互いへの信頼を築《きず》いていくつもりだ。

話は業界内の噂話に流れていき、しばらくして「そろそろ仕事部屋見学させてよ」という声があがった。

みなぞろぞろと仕事部屋に移動していき、機材などには特に興味のない嶋田だけがリビングに残っていた。

「いやー知らない業界面白いね。奥村さん、ヘアメイクの仕事紹介してくれそうだし、ラッキーかも」

「へえ、よかったね」

どちらからともなくダイニングテーブルに並んで座り、嶋田はそこにあった皿からナッツをつまんだ。

「――でさ」

嶋田が蒼を横目で見た。

「荻野が、蒼に連絡とりたいってうるさいんだけど」

「やっぱり？　ごめんな」

蒼はため息まじりに謝った。

荻野が先日帰国したことは、他の知り合い経由で蒼の耳にも入っていた。

あの日、荻野がメッセージを送ってきたのは、学生時代のサークル仲間で使っていたトークアプリからだった。もう誰も使っていないグループトークだったので、荻野には返事もしないでグループから退会してしまったが、それが返事だと理解して退くような男じゃないよな、と気に掛かっていた。

「一回連絡きたけどスルーしたから、もしかしてシマあたりになにか言ってるかもって思ってた」

「蒼とはもう別れたんだろって言ったんだけど、まあなって感じで、とにかく蒼に会っちゃえばどうにでもなるって思ってるな、あれは」

嶋田とも学生時代からのつき合いなので、荻野と蒼の今までのことはよく知っている。

「雪郷は、荻野が帰国したのは知ってんの？」

「知らないと思う。俺はまだ言ってない」

「言っといたほうがいいんじゃねーの？」

「うーん…そうかな」

以前はお互いよく通っていたALTOに、今ではイベントのあるときくらいしか行かなくなっていた。でもそのルートから雪郷の耳に入る可能性は限りなく高い。自分から早めに話したほうがいいのかな、と何度か考えたが、藪蛇《やぶへび》になりそうでなかなかふんぎりがつかなかった。

「荻野、ヨリ戻す気満々だったぞ」

嶋田がピスタチオの殻《から》を剝きながら嫌なことを言った。

「っていうか、別れたつもりもないって感じだな、あれは。遠距離だったからちょっと放置しちゃったけど、すぐ蒼の機嫌とるからちょい待ってて、これからまた前みたいにみんなで楽しくやろうぜー、みたいなノリだった」

「その自信はどこからくるんだ？」

「そりゃ蒼のせいでしょうよ」

蒼がぼやくと、嶋田はちらっと蒼を横目で見た。

「毎回蒼が許してきたから、荻野もいい気になってんだよ。けど、そこんとこどうなの」

「どうって？」

「まあ今は雪郷がいるんだし、前みたいによろよろ戻りゃしねーだろうとは思ってるけどさ」

ひどい言われようだが、今までの行いを考えれば当然のことだ。

荻野はそれこそ息をするようによそ見をする男だった。ラテン気質のバイセクシャルで、女の子は別腹だろ、というのがいつもの言い草だった。

もう限界だ、と何回も別れようとしたが、荻野はそのたびに平気な顔で機嫌をとりにくる。ごめんって、と強引にベッドに連れ込まれるとつい許してしまい、なし崩しに元に戻ってしまう。その繰り返しだった。甘く見られてもしかたがない。自業自得だ。

「お」

テーブルの上の嶋田のスマホが震えた。

「噂をすればだ。ほれ」

嶋田が無造作にスマホを手渡してきた。ディスプレイには予想したとおり、この前見た荻野のアイコンが表示されている。

〈蒼に予定聞いてくれたか？　今週中に予定わかったら、調整できるんだけどな〉

この半年ほどの音信不通など、なかったかのようなメッセージだ。呆れていると、すぐ次が来た。

〈そういえば、蒼って雪郷とつき合うとかなんとか言ってたけど。今どうなってる？〉

「なにこれ」

さすがに腹が立って、乱暴にスマホを嶋田に返した。

「蒼は雪郷とうまくいってるって言っとくか？」

「頼んでいい？」

嶋田がスマホを操作するのを見ながら、一度晃一《こういち》に会って、ちゃんと話したほうがいいのかな、と蒼は対応策を考えた。

「できたらもう晃一には会いたくないんだけどな…」

「けど、どうせどっかで会っちゃうだろ」

嶋田の言うとおりだ。蒼はため息をついた。

大学からのつき合いで、行動範囲も似通っているし、友達や知り合いもかぶりまくっている。荻野が日本にいなかったからこそ、この半年は完全スルーができていたのだ。

「荻野が帰ってきたこと、さっさと雪郷に話しといたほうがいいぞ」

日付が変わる前に、と解散になり、嶋田は帰り際にもそう忠告していった。

最後まで残って片づけを手伝ってくれた奥村にタクシーを呼んで見送り、二人でマンションのエントランスから部屋に戻った。

客の帰ったあとのがらんとした部屋は、なんとなく寂しい感じがする。

「蒼ちゃん、徳田《とくだ》さんのことだけど」

先にシャワーを済ませ、晃一のことを話しておこうか、とタイミングを考えながら残っていたグラスをシンクに下げていると、仕事部屋の片づけをしていた雪郷がそばに寄ってきた。

「徳田さん？」

誰だっけ、と首をかしげたが、雪郷の厳しい顔つきから、名刺をこっそり渡してきた男だと思い出した。

「あの人がもし何か言ってきたら、絶対に教えて」

「はいはい」

「蒼ちゃん」

固い声を出した雪郷に、蒼は雪郷のポケットから握りつぶされた名刺をつまみだした。

「もし何か言ってきたとして、俺が自分で対処できないと思ってるの？」

つまみだした名刺を雪郷の目の高さにやってから、ごみ箱にぽいと放り込んだ。

「これだって、別に雪郷が焦《あせ》らなくてもこうなってただけです」

雪郷が瞬《まばた》きをした。

「心配しすぎ」

「うん…」

ほっと息をついて、雪郷が反省したように腰のあたりに両腕を回してきた。

「ごめんね、心狭くて」

蒼は笑ってぽんぽん雪郷の頭を叩いた。

「——蒼ちゃん、疲れた？」

気を取り直したように、雪郷がそっと訊いてきた。そのひそやかな声のトーンに、蒼はどきんとした。

疲れたか、という質問を、どうとらえるべきなのか。

ただのねぎらいなのか、それとも疲れてないのならベッドに行こうよ――という誘いにとってもいいのだろうか。

一緒に暮らすようになって半月、蒼はセックスのタイミングに悩んでいた。

なかなか会えなかったこともあり、今までもあまりスムーズにはいっていなかった。が、雪郷の仕事のない週末にデートをしたときは、たいていどちらかの家に泊まっていた。ほろ酔いで家にたどり着くと、楽しい気分のままキスして抱き合い、ベッドに入る。

ぎこちないながらも流れのようなものができていた。

でも一緒に住むと、それはデートではなく生活で、しかも雪郷は夜にも仕事をする。雪郷は雪郷で、決まった時間に起きて出勤する蒼に遠慮があるようだ。

自分から誘うのが苦手なのもあって、結局引っ越し当日に一回してからずっとしていない。

本当は、したい。

なぜか雪郷は蒼を淡泊《たんぱく》なほうだと思っているフシがあった。

自宅デートをしていても、決して一日中獣のように絡《から》まり合って、などということにはならなかった。とにかく雪郷はお行儀がいい。蒼の気分と体調と、そのほかもろもろを勘案《かんあん》して、さらにもう一度蒼の意思確認をしてからおもむろに――という感じで、なんなら一緒に配信サイトで動画を見たりしているうちに寝落ちして、結局なにもしないで朝になっていた、ということさえちょいちょいあった。

蒼はわりと思ったことを口にするほうだし、遠慮もしない。それなのに雪郷にはどう思われるかが心配で、きわどいことはなかなか言えずにいた。

いざベッドで抱き合っても、もっと激しくしてとか、もう一回したいとか、下手なことを言ったら引かれそうで、ついでにあまり乱れたら白けさせるかも、とよけいなことまで考えて、結果としてものすごく大人しくなってしまう。たぶんその結果も「淡泊な蒼ちゃん」像になっている。雪郷のほうはどうなのか、二十六なら毎晩だってしたいはず、いろいろ試してみたいはず…、というのは思い込みだろうか。

早めに軌道《きどう》修正したほうがいいと思いつつ、もしげんなりされたらどうしよう、とためらってばかりいた。

蒼にとって雪郷は人生でまだ二人目の恋人で、しかも絶対に失いたくない大事な相手で、だからいろいろ手探りになってしまう。

簡単に言えば好きすぎて臆病《おくびょう》になっているのだ。たぶん、お互いに。

「ええっと、…雪郷」

蒼は勇気を出して雪郷に身を寄せた。どきどきしながらキスに誘う。少しずつでも自分から、というのにも慣れていきたい。

「蒼ちゃん、明日も早いよね？」

何度か軽くキスを交わし、よし、と深いキスに誘おうとしたタイミングで、雪郷が訊いた。

「え？」

「会社でしょ？」

「あ、うん」

反射的にうなずいてから、しまった、と慌てたが遅かった。

雪郷は「会社員」という人種に馴染みがない。彼の実家は飲食店をやっていて、親しい友人もほぼクリエイターか自由業だ。蒼から見ればあまりにも一般的な「会社員」が、雪郷から見ると「毎日きちんと早起きして通勤をする偉い人」になってしまうらしい。そのせいで「明日早いんでしょ」といつも過剰《かじょう》なほど気遣われた。

「今日は知らない人ばっかりで気を遣っただろ？　ごめんね、遅くまでつき合わせて。蒼ちゃん疲れただろうし、もう寝たほうがいいよ」

「いや…そん、なことは…」

蒼のことを思ってくれているだけなのはわかる。したいのなら、はっきりベッドに誘えばいいだけのことだ。

「グラスは俺が片づけるから、蒼ちゃんは先に寝てて」

「そ、そう？　じゃあ、あの、…どうもありがとう」

それなのに、妙な緊張をして、結局雪郷の言葉に従ってしまった。

「おやすみ」

雪郷がもう一度抱きしめて、軽くキスしてくれた。

「お、おやすみ」

寝室に送り込まれて、蒼は自分のふがいなさに頭を抱えた。

いい年をして、うまく誘惑することができない。情けない。

色っぽい、とよく言われるわりに、自分から誘う経験がなさすぎる上、圧倒的にリードがへただ。

「…明日こそ頑張ろう」

気を取り直し、蒼はひとり決心した。

遠慮しないで愛し合おう。

せっかく一緒に暮らし始めたんだし。

年上の余裕で、色っぽく…とあれこれシミュレーションしながら、蒼は毛布にもぐりこんだ。

3

「おはようございます」

「おはようー」

「三原《みはら》さん、早いですねえ」

総務部のオフィスは社内の奥まったエリアに位置している。

通勤が楽というのはこんなにもメンタルにいいのか、としみじみしながら蒼《そう》は次々に出勤してくる同僚や上司にほがらかな挨拶《あいさつ》を返した。

その上、なんといっても毎日雪郷《ゆきさと》と一緒だ。

うまくいくかな、と多少の不安があったが、引っ越しをして三週間、今のところ二人の仲は順調だった。

夜に関してはまだぎこちないが、それも徐々に改善されてきたように思う。昨夜《ゆうべ》は蒼が頑張って、風呂あがりの雪郷をベッドに誘うことに成功した。いつものことながら「蒼ちゃんは明日会社でしょ」と気遣われ、かなりおさえた営《いとな》みだったが、恋人と身体で愛を語れて蒼はひとまず満足だった。

仕事部屋を整えるのに手間取ったぶん、雪郷は仕事が押し気味のようで、このところはやや生活リズムがずれている。昨日も愛し合ったあと、雪郷は「もうちょっと仕事してくるね」とキスして寝室を出て行った。起きると雪郷は隣で寝ていたので、今朝は逆に「行ってきます」と眠っている雪郷にキスして出勤した。そんなことにも幸せを感じる。

今はまだ試運転の域を出ていないが、いずれは慣れて、すべてが日常になっていく。焦《あせ》ることはない、なんといっても時間はたくさんあるのだ。

思い切って同居に踏み切ったのは正解だった、と蒼はひとりうなずいた。

「あれっ、三原さん、もう勤怠《きんたい》データの出力終わったんですか？」

朝のミーティングを終えてデスクに戻ると、隣の席の同僚が声をあげた。

「ええ。チェックが終わったらそのまま自動出力するように設定変更したので」

「ああー助かります！　毎回それやろうと思って後回しにしちゃってたんですよ」

総務部は比較的女子社員が多い。半年前までいた営業企画部は押しの強い男性社員が大半だったので、最初はずいぶん戸惑った。

「三原さん、研修資料ってこれで印刷所渡していいですか？」

さらに少し離れたブースから声をかけられる。

「いいですけど、バックアップはとってます？」

「忘れてましたァ！　またやっちゃうとこだった」

異動してきた当初は、こんなふうにそそっかしい同僚と声を出して笑っているとは思ってもみなかった。

それまでいた営業企画部から総務に異動が決まったとき、蒼は正直落ち込んだ。ほぼ左遷《させん》の異動だったからだ。

まったく経験したことのない業務に携《たずさ》わるのも、はたしてやっていけるだろうかという不安しかなかった。が、労務《ろうむ》関係の面倒な書類作成や、各部署間の調整、地味なサポート業務はやってみると案外蒼には合っていた。

最初のうちこそ戸惑いはあったが、総務部全体の緩《ゆる》やかな協力体制も、競争の苦手な蒼には居心地がいい。

今ではすっかり周囲に馴染《なじ》み、そのうち労務関係の資格を取ろうか、という意欲まで湧いていた。

「三原さん、受付から内線入ってます」

資料作成に集中していると、社内電話がかかってきた。受付ということは訪問だ。

社外のアポイントを忘れてたのか？　と慌ててスケジュールを確認したが、予定はブランクになっている。

「はい、三原です」

とりあえず受話器を取ると、受付から知らない会社の名前を告げられた。

「本日午後からのお約束とのことですが」

「相手の方のお名前はわかりますか？」

訪問先を間違っているんだろう、と思いながら、念のために訊いた。

「荻野《おぎの》さまです」

もう少しで「は？」と声を上げそうになった。すんでのところでこらえ、蒼は「すぐに行きます」と受話器を置いた。

荻野？　まさか、晃一《こういち》？

混乱したが、そういえばさっき受付が口にした社名は、荻野が代表を務めている会社の名前だ。

「すみません、このまま休憩入ります」

ちょうど昼休憩の時間帯だったので、蒼は上着を取ってそそくさとオフィスを出た。

エレベーターでエントランスに降りると、すぐそこが受付だ。長身の男が立っている。

「こ…、荻野さん」

まさかと思っていたが、本当に荻野だ。驚きすぎて、蒼は棒立ちになった。

「お久しぶりです」

荻野はスマートな笑顔を浮かべて近寄ってきた。荻野にしては真面目なスーツ姿だが、ノータイでさまになるストライプシャツやラフにかきあげた髪など、どう見ても「弊社《へいしゃ》」の取引先には見えない。受付の女性も好奇心をにじませて荻野を観察していた。

「どうも」

蒼は動揺をおさえて笑顔を浮かべた。

「本当に、お久しぶりです」

できるだけ平静を装《よそお》い、「お昼はまだですか？」とにこやかに荻野をエントランスから外に連れ出した。

「ひさしぶりだなー、蒼」

外に出ると、ほぼ半年ぶりの荻野は、ほがらかに蒼を見やった。

「元気そうじゃん」

別れたときのいざこざなど、きれいさっぱり忘れたかのような屈託《くったく》のなさに、そういう男だとわかっていても脱力した。

昼時で、ビジネスビルの並ぶ界隈《かいわい》は人で賑《にぎ》わっていた。弁当の屋台販売や簡易ベーカリーショップなどに人だかりができている。

「なあ、メシまだだろ？　この辺、うまいとこある？」

「用事があるならここでうかがいます」

蒼は背筋を伸ばして、笑顔をひっこめた。

「メシ食いながらでいーじゃん」

蒼は無言で荻野を見返した。蒼の冷たいシャットアウトに、荻野は意外そうに眉をひそめた。

「こんなとこで立ち話すんの？　俺腹減ってんだよ。あ、そこでいいじゃん。行こ」

返事も待たずに歩き出した荻野は、蒼がついてくるとみじんも疑っていない。本気で今まで通りに流されると思っているらしい。

「蒼」

立ち止まったままの蒼に、荻野が振り返った。

「雪郷とまだつき合ってんだって？」

仕方なさそうにまた近づいてくる。

「案外続いてるんだ」

「どういう意味ですか？」

蒼、と荻野が呼んだ。歌うような、からかうような声音だ。腹が立つのに懐《なつ》かしさがこみあげてくる。機嫌をとるとき、いつも荻野はこういうふうに蒼の名前を呼んだ。

「雪郷、うまいことやったよなあ」

声に、揶揄《やゆ》とわずかに苛立《いらだ》ちがにじんでいる。

「うまいことって、なんですか」

「ちょっと俺が目を離した隙に、蒼かっさらってさ」

目の前に立っている荻野に、蒼はなんともいえない気持ちになった。

かっさらう——まるで雪郷が強引に奪ったかのような言い草だ。自分が突き放したのは都合よく忘れているのだろうか。

——湿っぽい話は苦手なんだよな。

——暗い顔されたら滅入《めい》るからやめてくれよ。

そのころ、蒼は社内の人間関係でつまずいていた。

新卒入社して最初に配属された営業部で、蒼は同期の中では一番早く結果を出した。今どき珍しいマメで気配りのできる子、と行く先々の取引先に可愛がってもらえ、正直少し調子に乗っていた。が、次に配属された営業企画部では、まったくうまくいかなかった。

社内では花形部署だけあって、自己主張の強い社員ばかりで、チーム間の競争も激しい。営業は個人の成績だったし、社外に向いているぶんコンプライアンスが厳しく、風通しもよかった。それに比べると営業企画部は内向きで、チームリーダーと合わないとどうにもならない。

蒼はチームリーダーの乱暴な結論の出し方や、多少のズルは当たり前、という考え方についていけなかった。彼のコミュニケーションはチームの女性メンバーの容姿をあげつらって笑いをとることで、彼女自身が飲み会で自虐《じぎゃく》して周囲と円滑《えんかつ》にやろうとしているのを見るのも不快で嫌だった。

「なんなの、おまえ」

チームリーダーに毛嫌いされるようになり、周囲からも孤立した。仕事で結果を出そうにも、営業企画部は完全なチーム制で、貢献《こうけん》させてもらう余地すらない。

やることなすこと裏目に出て、完全に自信を失っていた。

せめてプライベートで癒《いや》されたかったが、楽しいことが大好きなラテン気質の彼氏は、蒼が暗い顔をしているのを嫌がる。蒼も仕事を引きずるより切り替えたほうがいい、と思っていた。でもだんだん無理がでてくる。

新素材の企画プレゼンのメンバーから外された日、蒼は荻野との待ち合わせに遅れた。たった十分を、荻野は待っていてくれなかった。

「このごろおまえ、暗いよ」

遅れてごめん、でも会いたい、と連絡した蒼に、荻野は電話の向こうで「湿っぽいのは苦手なんだよな」とうんざりしたように言った。そばに誰かがいる気配がした。

荻野は浮気性だった。そして蒼はそれを知った上でつき合っていた。

もちろん最初から納得していたわけではない。

女の子は別腹じゃん、というのが荻野の主張で、蒼は初めのうちものすごく傷ついた。抗議したし、それが理由で何度も別れようともした。

でも結局もとに戻る。

「蒼、まだ怒ってるのか?」

そう言って機嫌を取られると、悔しいけれど嬉しくて、強引にベッドに連れ込まれてなし崩しに戻ってしまう。その繰り返しだった。

荻野に誠実さを求めることはとっくに諦めていた。でも蒼が本当に辛《つら》いときには寄り添ってくれるはず、という期待までは捨てていなかった。

「今日だけ、二人でいたい」

仲間と一緒に騒ぐのが好きな荻野に、初めてそう頼んだ。

「二人でって、愚痴《ぐち》って発散したいんだったら他のやつに頼んでくれよ」

荻野の後ろで誰かが話している声が聞こえた。待ち合わせに遅れた蒼をさっさと見切って、荻野の気持ちはもう他の誰かに向いている。

いろんなことが重なって、蒼の中でぷつっと何かが切れた。

蒼は通話を切ってALTOに向かった。

いるかどうかはわからなかったが、もしそこに荻野がいれば、今度こそ別れたいと告げるつもりだった。

でも店に荻野の姿はなく、一人でカウンターに座っていた蒼に声をかけてきたのは雪郷だった。

「顔色よくないみたいですけど、大丈夫ですか?」

よほどひどい顔をしていたらしい。いつもはめったに自分から話しかけてきたりしない雪郷が心配そうに顔をのぞきこんできて、――その夜、蒼は雪郷と関係を持った。

それが初めてした「浮気」だった。

雪郷と寝たのは、酔った勢いと、荻野との関係に区切りをつけたい、という思いからだった。

それまで雪郷と二人きりで飲んだことはなく、すぐいつものように音楽ブースのほうに行くだろうと思っていたのに、雪郷はなにがあったのかを訊くでもなく、ただ心配で去りがたい、というように隣にいる。野暮ったい黒ぶち眼鏡の向こうの瞳が思いがけず情熱を秘めていて、蒼はふっとその大きな身体に寄りかかりたくなった。

いつもはそんなに飲まないのでストレートのウイスキーが効いていて、蒼は「どこか行こうよ」と半分やけになって雪郷を誘った。雪郷はさっと顔色を変えて、しばらく黙っていた。断られるのか、と蒼は落胆した。自分から誘ったのはそれが初めてだったが、酔った勢いで一晩だけ、という話はそこらじゅうに転がっている。それなのに俺は断られるんだ、と蒼はぼんやりした。世界中から見放された気分だった。

三原さんがいいなら、とややして雪郷が思いつめたような声で囁いた。

蒼は荻野以外の男と寝るのは初めてだった。緊張したが、雪郷のほうもとても慎重だった。絶対に傷つけないようにという気遣いが伝わってきて、もっと一方的に貪《むさぼ》られるかと思っていた蒼は拍子抜《ひょうしぬ》けした。

「俺は、ずっと三原さんのことが好きだったから」

別れ際に、つき合わせてごめん、と謝った蒼に、雪郷は困ったようにそう言った。

ぜんぜん気づいていなかったから驚いた。

「三原さんには荻野さんがいるし、言うつもりなんかなかった。だから…、俺は嬉しかったし、三原さんはなにも気にしないでください」

店で顔を合わせれば一緒に飲んでいたが、蒼にとっての雪郷は、あくまでも「感じのいい年下の子」だった。まさかそんなふうに思ってくれているとは考えたこともなかった。

「ちょっといろいろ重なって辛《つら》かったから、堤君《つつみ》が一緒にいてくれて助かった。ありがとう」

雪郷の「ずっと好きだった」という言葉は、ぺしゃんこになっていた蒼を優しく救ってくれた。

荻野に別れたい、と告げたのは、雪郷と寝た翌日だった。

電話の向こうで、荻野は「しばらく会えないのに、冷てえなあ」と苦笑していた。また蒼が拗《す》ねてるな、くらいに思っているのが手に取るようにわかった。

荻野はフィットネスやサプリメント関連の事業を自分で立ち上げ、仕事でよく渡米《とべい》していた。いつもはビザの関係でせいぜい二ヵ月ほどで帰ってきていたが、今回は新しいサービスがうまくいっているとかで、そのプロモーションのため、しばらく向こうにいることになると聞いた。

それならちょうどいい、と蒼は改めて決心した。共通の友人が多いので物理的に距離を置くのが難しく、それが何度もヨリを戻してしまう理由の一つだった。

今度こそ、これで終わりだ。

雪郷と寝たことで完全に別れる踏ん切りがついたが、その時点では雪郷に乗り換える、というような意図は蒼にはなかった。

雪郷もそれはわかっていて、一度寝たことをたてに急に彼氏ぶるようなことはしなかったし、蒼と寝たことを周囲に吹聴《ふいちょう》したりもしなかった。

ただ毎日自分の配信チャンネルの最新動画を送ってくるようになった。

毎日アップされる楽曲動画は、ループアニメーションにゆるいビートミュージックが乗っているもので、音楽に疎《うと》い蒼にはとても新鮮だった。

窓際に座って本を読んでいる男の子は、ページを繰《く》る合間に夜空を眺める。星空がまたたくのと、本のページがめくれるのと、男の子がたまに顔を上げるだけの繰り返しだ。心地よいビートミュージックと単調に繰り返すアニメーションを眺めていると心が慰《なぐさ》められた。動画のクレジットはYUKISATOで、ついているコメントを見ると、半分以上が海外からのものだった。

次の日の動画で男の子は猫を膝に乗せて夜空を眺め、その次の日は猫に逃げられる。雨で窓を閉め、雨がやんで、ちょうど一週間経《た》って、七日目にまた窓際に座って本をめくり始めた。

〈男の子、ひとりぼっちでさみしそうだね〉

猫は帰ってこないのかな、と動画を眺めながら、初めて返信した。既読《きどく》がついて、少ししてから返事がきた。

〈もしさみしかったら、俺が迎えに行くよ〉

この男の子はもしかして俺なのかな、と蒼は素朴でどこかとぼけた線画を眺めた。猫が荻野ならもう帰ってこなくてもいいや、と考えてふっと笑った。

久しぶりに笑った気がした。

〈このアニメーションも堤君が作ってるの？〉

〈ループアニメーションはフリー素材使えばわりと簡単に作れるよ。音楽もこれはサンプリングマシンでつないでるだけ〉

雪郷の説明は蒼にはほとんど意味不明だった。が、夜中のなんでもないやりとりは蒼の心をやさしく撫でてくれた。

〈本当に、迎えに来てくれる？〉

〈俺でよければ、どこでも行くよ〉

可愛くてどこかとぼけたアニメーションと、なぜか懐《なつ》かしさを感じるビートミュージック。蒼が沈んでいるのを知って、雪郷が一生懸命慰めようとしてくれている。その気持ちに慰められた。

蒼は〈今から会える？〉と送った。

雪郷は本当に来てくれた。

夜中のカフェで黙って過ごし、朝になってから蒼のマンションのベッドにもぐりこんだ。

「三原さん、もしかして荻野さんとは別れたの？」

明け方、穏やかなセックスをしたあと、雪郷がためらいがちに訊いた。

「うん。今までさんざん別れるとか別れないとかやってたけど、もう今度こそね」

荻野との連絡手段はぜんぶ消していた。共通の友人を通して何度か連絡がきていたが、無視する、というような元気もなく、ただスルーしていた。

雪郷がなにか考え込んだ。

「…俺は荻野さんみたいにかっこよくないし、年下だし、三原さんには物足りないかもしれないけど…」

やや して、雪郷がためらいがちに口を開いた。もしかして、と思っていたとおりのことを口にする雪郷に、蒼は自分でもびっくりするくらい動揺した。

弾みで寝たちょっと感じのいい年下の子、という雪郷に対する認識の下に、いつの間にか別の感情が芽生《めば》えかけていた。

「俺は、三原さんのこと絶対に大切にする」

雪郷が、急にきっぱりとした口調で言い切った。

唐突に頬が熱くなり、雪郷の顔を見ていられなくなった。雪郷は目を逸《そ》らさなかった。

「だから、よかったら、俺と、つきあってくれない？」

ビスケットの欠片《かけら》のような雪郷の素朴な言葉は、蒼の心に素直に響いた。

「――雪郷って呼んでもいい？」

雪郷の友達や荻野などは気軽に呼び捨てにしていたが、蒼はそれまでは堤君、と呼んでいた。

雪郷は目を見開き、それから感激したようにかすかに頬をゆるませてうなずいた。

「じゃあ、俺も名前で呼びたい。いい？」

「いいよ」

「蒼さん」

「なんでさん付け？」

どきどきしながら「呼び捨てでいいよ」と言ったら、悩んだ挙句《あげく》に「蒼ちゃん」と試すように呼んだ。そんな呼ばれ方をされたのは初めてで、びっくりして笑ってしまった。

「蒼ちゃん？」

「だめ？」

「だめじゃないけど」

雪郷がつられたように笑った。眼鏡をしていない雪郷は、切れ長の二重《ふたえ》が印象的だ。

「雪郷」

「蒼ちゃん」

交代に呼び合って、今度は同時に笑った。心臓が心地よく跳ねる。

「いいね。雪郷」

「蒼ちゃん」

毛布の中で微笑《ほほえ》み合って、手を握った。

一緒に眠って一緒に起きて、それからずっと雪郷といる。

約束通り、雪郷は大切にしてくれる。よそ見はしないし、いつでも蒼を最優先してくれた。

蒼ちゃん、と呼ぶ声には誠実な愛情がこもっている。

安定した関係はこんなにも日々を明るくしてくれるのか、と蒼は新鮮に驚いた。

毎日雪郷のことが好きになっていく。一緒に暮らすようになって、蒼はさらに雪郷が好きになっていた。

たった一つ懸念《けねん》事項があるとすれば、雪郷が蒼がどこかに行くんじゃないかといつも心配していることだ。それも一緒に暮らしていればいずれは払拭《ふっしょく》できる。

すっかり荻野のことは吹っ切れているし、今さら会いにこられても迷惑なだけだ。

「話はそれだけですか？」

蒼は荻野をまっすぐ見つめた。

荻野が帰国していることは、結局雪郷には話していなかった。

会うつもりはないし、もう荻野とのことは完全に終わっている。むしろ話すことで不安にさせるかもしれないからわざわざ触れるのはやめておこう、と決めていた。いずれはどこかで耳にするだろうが、蒼自身が完全スルーしていれば雪郷も変な心配はしないはずだ。

「蒼」

それなのに、なぜ荻野は目の前にいて、こんなふうに呼んでいるんだろう。

蒼は小さく息をついた。

「晃一、俺もう晃一と個人的に会うつもりはないんだ」

とってつけたような丁寧語を止《や》め、蒼は穏やかに告げた。

「聞いてるかもしれないけど、俺、雪郷と同棲してるし」

「同棲?」

知らなかったらしい。荻野が驚いたように目を見開いた。

「まだ引っ越ししてひと月たってないくらいだけど」

荻野は妙に気が抜けた様子で、しばらく蒼を眺めていた。

「なあ、蒼」

それじゃ、と今度こそ切り上げようとした蒼に、荻野が口元に笑みを浮かべて言った。

「俺はさ、楽しいことが大好きだし、女も男もいいなと思うやつとはつき合いたい。一人だけとじっくり、ってのを否定はしないけど、それじゃ自分の世界が広がらない」

「いつもそう言ってたね」

荻野の信条は昔から変わらない。

蒼が弱っているとき、荻野は蒼を突き放したが、代わりに荻野が弱音を吐いたり愚痴をこぼしたりするのを、蒼は一度も見たことがなかった。それはそれで一貫しているし、今さらどうこう思わない。

「もう俺には関係ないから」

「関係あるんだ。俺がヨリ戻すのは蒼だけだからな」

とっさに意味がわからず、蒼は荻野の顔を見返した。思いがけず真摯《しんし》な目が蒼を見つめていた。

「気づいてなかっただろ。別れようって言われて俺が引き留めるのは蒼だけだ」

「――は？」

驚きすぎて固まっている蒼に、荻野がふっと笑った。

「蒼だっていつも戻ってきた」

反論しようとしたが、ヨリを戻すのは蒼だけだという言葉が頭の中をぐるぐる巡って、うまく考えがまとまらない。まさか今さらそんな言葉を聞かされるとは夢にも思っていなかった。

「半年離れてたくらいで、終わりにできるわけねえだろ。俺たち何年つき合ってると思ってるんだ」

現在進行形で言われて、蒼は慌てた。

「ちょっと待って」

「まあいいや。どうせ今日はあんまり時間なかったし、これで行くわ。でもまたすぐ連絡するから」

「晃一」

言いたいことだけ一方的に言ってしまうと、荻野はじゃあな、と背を向けて、悠然と歩いて行った。

4

不意打ちに荻野《おぎの》に会って、午後の仕事はさんざんだった。

ほぼルーチンの仕事ばかりだったのに、集中するのにエネルギーを使い、パソコンの電源を落としたときは、いつもの三倍疲れていた。こんなときは乗り換えなしの十五分で家に帰れるのがありがたい。

帰りの電車で、吊革につかまって、蒼《そう》はまた昼間のことを思い返していた。

――別れようって言われて俺が引き留めるのは蒼だけだ。

――半年離れてたくらいで、終わりにできるわけねえだろ。俺たち何年つき合ってると思ってるんだ。

半年前に言われていたら、もしかしたら動揺したのかもしれない。

でも「はあ?」という驚きでぐるぐるしたものの、そのあと蒼の胸に湧きあがってきたのは「今さら何言ってんだ?」という啞然とする気持ちだけだった。雪郷《ゆきさと》がいるのに、あんな言葉に惑わされるわけがない。

ただ、驚いたのは確かだ。

つき合っていたころ、荻野は一度もあんなことは口にしなかった。

蒼が自分から離れられるわけがない、という態度で、実際ずっとそうだった。ちょっと強く引き留められたらもうだめで、今から思うとなぜあんなに離れられなかったのか、自分が謎だ。甘く見られてもしかたがない。

それにしても荻野に「このまま引き下がるつもりはない」と宣言されたことはかなりの憂鬱《ゆううつ》の種だ。

きっぱり拒絶したことでかえって意固地にさせた可能性もあるな、と蒼は失敗だったかも、と後悔した。

自分はともかく、万が一雪郷に知られて嫌な思いをさせたくない。

こうなると荻野が帰国していたこと、連絡を取ってこようとしていたことを伏せていたのは判断ミスだった。いきなり会社まで来て復縁を迫《せま》られた、と話したら、きっととんでもなくショックを受けるだろう。

やはり嶋田《しまだ》の言うとおり、さっさと話しておけばよかったな、と蒼は後悔した。

こうなってしまったからには、段階を踏んで話をして、いくら荻野が復縁を迫ってきたとしても、もう自分にはそんな気は一切ない、だから雪郷はなんの心配もしなくていいのだ、と納得してもらうしかない。

会社を出るときからあやしかったが、窓にぽつぽつ雨粒がつきはじめた。今朝、天気予報が夕方から崩れてくると言っていたのに、まあいいか、で折《お》り畳《たた》みを鞄に入れるのを怠《おこた》った。

天気にまで「甘い考えでいると痛い目をみるぞ」と言われているようだ。

改札を抜けると、雨脚はさらに強くなっていて、あーあ、と出口の方を見ると、思いがけず長身の男が柱にもたれているのが目についた。雪郷だ。いつものパーカーにジョガーパンツという恰好《かっこう》で、ヘッドフォンで何か聴いている。

「雪郷」

蒼が小走りで近づくと、雪郷は気づいてヘッドフォンを外した。腕に傘が二本ぶら下がっている。

「あっ、もしかしてわざわざ傘持って来てくれたんだ?」

会社を出る前に連絡を入れたので、時間を見計らって迎えに来てくれたらしい。

「玄関のとこに折り畳みあったから、もしかして傘持って行かなかったのかなって思って」

「持ってなかった。ありがとう!」

「はい」

「入れてよ」

雪郷に傘を差し出されたが、蒼は雪郷の傘の中に入った。

「蒼ちゃん濡れるよ」

「くっつけば大丈夫」

肩を触れ合わせるようにして雪郷のそばに寄って、一緒に歩いた。傘の中、雨音がぽんぽん跳ねる。なんとなく雪郷のほうを見ると、雪郷もこっちを見ていた。目が合って、同時に笑う。歩いているだけなのに、楽しい。

晃一《こういち》のことは、ひとまず黙っていよう。

せっかくのいい気分を別れた彼氏なんかに壊されたくない。

そう決めてしまうと気持ちが晴れた。

「なんかいい匂いする」

「金木犀《きんもくせい》かな」

「またいい匂い」

「これはカレーだね」

雪郷の傘を持った手が大きい。

「あー、お腹空いてきた」

「今日は夕飯作ってるよ」

雪郷が蒼のほうに傘を傾けながら言った。

「えっ、ほんと?」

引っ越ししてひと月足らず、まだルーチンが確立していないが、家事は在宅時間の長い雪郷が圧倒的にたくさんやってくれていた。

大したことはしてないというが、荷物をほどきながら雪郷は家で仕事もしている。いつもさっぱりと片づいているリビングや洗いたてのタオルやシーツに、蒼は申し訳ない気分で感謝していた。ただ、食生活はなかなか軌道《きどう》に乗らなかった。

立地がやや特殊なので安売りスーパーやディスカウントショップなどが近所になく、代わりに洒落《しゃれ》たリストランテなどが点在している。デリバリーをしている店も多いので、美味《おい》しいフードボックスを頼んだりして、あとはコンビニでしのいでいた。

数日前にやっとネットスーパーを使い始めて、雪郷はそろそろ自炊したいね、と言っていた。

「なに作ってくれたの？」

「ローストポークと、あといろいろ」

「すごい。楽しみ」

家に帰って蒼が着替えてキッチンに行くと、雪郷はエプロンをつけてシンクの前に立っていた。デニムエプロンの彼氏力に、蒼はおお、と息を呑んだ。

「雪郷…」

「なに？」

思わず固まった蒼に、雪郷がきょとんとしている。

「エプロン、いい」

がっしりした体格の男がデニムのエプロンをつけているのは素晴らしい。

「似合うね、エプロン」

意味もなく雪郷の周りをうろうろすると、何言ってるの、と雪郷が気恥ずかしそうに笑った。

「味見する？」

雪郷が肩越しに振り返って箸で肉の欠片《かけら》を口に入れてきた。しっとりした感触に、肉の旨味《うまみ》が凝縮《ぎょうしゅく》している。

「なにこれ、美味しい！」

「食べようか」

一緒にテーブルに皿を並べて、差し向かいで箸《はし》をとる。

同居する前も、家に遊びに行くと気軽にいろいろ作ってくれていたので、雪郷が料理好きなことは知っていた。でも引っ越しでキッチンに運び込まれた各種調理器具やスパイス類は思っていた以上に本格的で、驚いた。

「すごいね、お店みたい」

ファッションにはまったく興味がないのに、食器やグラスもいいものを揃えていて、盛り付けも上手だ。

「うち、創作居酒屋だから。たまに下拵《したごしら》えとか手伝ってたんだ」

ローストポークをメインに、菊菜《きくな》と揚げ玉のサラダや、人参《にんじん》の甘酢《あまず》漬《づ》けなど彩《いろど》りのいい総菜《そうざい》料理が並び、どれを食べても美味しい。

「実家がお店やってるって言ってたの、居酒屋さんだったのか」

「両親だけでやってる小さい店だけど、けっこう常連さんついてて、繁盛《はんじょう》してるよ」

「へえ」

雪郷が思いついたようにスマホで店のウェブサイトを見せてくれた。居酒屋というよりは手ごろな割烹《かっぽう》の雰囲気だ。カウンターの上に盛《も》り鉢《ばち》が並び、日本酒が美しく鎮座《ちんざ》する棚の横にはワインセラーも見える。

「俺一人っ子だし、夜ずっと一人だし、親父がパソコン買ってくれて、それ弄《いじ》ってるうちにボーカロイドにはまったんだよね」

雪郷は、以前はあまり自分のことは話さなかった。このごろは少しずつ教えてくれる。

「学校だと友達ってあんまりできなかったんだけど、音楽やるようになってから、ものすごくたくさんの人と知り合えた。海外の人まで声かけてくれて、びっくりしたな」

素朴であたたかな雪郷の話しかたが好きだ。

荻野は話題が豊富だったな、とふと思い出した。好奇心が強く、多趣味で、いろんな方向にアンテナが向いていた。人を笑わせるのも好きで、荻野の周りにはいつも大勢の人がいた。

雪郷の周りにも、彼の仲間がたくさんいる。彼の音楽は世界にまで届く。

「でも一番よかったのは、蒼ちゃんに俺の気持ちを伝えられたこと」

眼鏡の向こうの雪郷の瞳がはにかんでいる。蒼の好きな、ちょっと少年ぽい瞳だ。

「男の子のアニメーション？」

「うん」

――さみしかったら迎えに行くよ。

荻野は誰彼なく笑わせ、雪郷は蒼にだけ話しかけてくれる。

恋人の特権を惜しげもなく差し出されて、蒼は改めて幸せをかみしめた。

「雪郷…」

自分もなにか返したいけど、返せるものがなにもない。

せめてもの気持ちで、好きだよ、と全力で目にこめると、雪郷も照れくさそうに、俺も、と目で返してくれた。

「ふふ」

気恥ずかしくなって笑うと、雪郷もほのかに笑った。

なんの夾雑物《きょうざつぶつ》もない、好き、というだけの気持ち。それを共有できていることが嬉しい。

一緒に後片づけをして、手を拭《ふ》きながら、蒼は横目でちらりと雪郷を見た。

「えっと、雪郷」

恋人と楽しく夕食をとり、気分も盛り上がった。そのあとにしたいことといえば一つだ。

「うん？」

「あのさ、お風呂なんだけど…」

一緒に入らない？　という提案を、ずっと温めていた。

蒼は風呂でいちゃつくのが好きだ。今までは狭くて無理だったが、ここの浴槽なら一緒に入れる。どころかいろいろできそうな広さだ…とバスルームを見たときから妄想していた。

「お湯張ってるよ。先にどうぞ」

雪郷がにっこりした。とても健全な笑顔だ。蒼は瞬《まばた》きをした。

「そう？　それじゃ…ありがとう…」

いやまだ月曜だしな？　と蒼は無駄に広いパウダールームでもそもそ服を脱いだ。それに昨日したばかりだし。

たっぷりのお湯に入ると、一日の疲れが抜ける。はあ、と思わず息が洩れた。

そういえば、荻野は蒼が誘うまでもなく、よく勝手に入ってきた。…思い出しかけてぶるっと首を振り、蒼はお湯で顔をばしゃばしゃ洗った。

雪郷は、蒼が荻野とつき合っていたころのことを知っている。ＡＬＴＯではよくみんなで飲んだし、たまには常連仲間でドライブしたりアウトドアを楽しんだりもしていた。

前の彼氏を知っている、というのは微妙な線だ。

徹底的に合わなかった前の部署のチームリーダーは、飲み会などでしょっちゅうきわどい話をしたがった。下ネタ自体は嫌いではないが、女性メンバーもいる前で「女はさ」と侮蔑的《ぶべつてき》なニュアンスで話をする無神経さについていけず、蒼はできるだけリーダーとは離れた席で場をやりすごすことに腐心《ふしん》していた。

そのチームリーダーが「つき合ってる女の前の男が自分のよく知ってるやつだった場合、萎《な》えるか興奮するか」という話題で盛り上がっていたのを思い出した。

「なんか寝取ったみたいで興奮する」

「いやいや、ヤッてるときに前の男の顔ちらついたら萎えるだろ」

「これ仕込んだの、あいつかよ、みたいなことは考える」

そのときは下品な話題に辟易《へきえき》しただけだったが、今になってついつい思い返してしまう。

雪郷はあんな不愉快なことを考えたりはしないはずだが、荻野の存在を意識しているのは間違いない。

「雪郷？」

あれこれ考えつつ風呂から上がると、雪郷はきれいにキッチンを片づけて、リビングのソファにいた。膝に譜面《ふめん》のようなものがあり、指を口元に置いてなにか考え込んでいる。没頭《ぼっとう》している様子に、邪魔かな？　とためらいながら近寄ると、雪郷が気づいて顔をあげた。

「蒼ちゃん」

笑顔を浮かべてくれたので、蒼は雪郷の横に座った。

「いいお湯でした」

ふざけたふりで思い切って雪郷にもたれると、湯上がりの体温のあがった身体に、雪郷が動揺するのがわかった。シャンプーの匂いとか、せっけんの匂いとか、ぜひそそられてほしい。

「雪郷も入ってきたら？」

「うん、でも俺はもうちょっと仕事があるから。蒼ちゃんにおやすみって言おうと思って待ってた」

ひそかにいちゃつく気満々だったので、少しがっかりした。でもわざわざ「おやすみ」を言おうと待っていてくれたとわかると嬉しくなる。

「忙しいんだね」

「引っ越しとかでスケジュールちょっとずれこんだだけ。すぐ追いつくよ」

言いながら、雪郷が湯上がりの肌に吸い寄せられるように抱きしめてきた。蒼も雪郷の首に腕を回した。

仕事の邪魔をするわけにいかない、と思いながらも抱きしめられると嬉しくて、応援の意味もこめて軽く唇にキスをした。雪郷がすぐキスを返してくれる。

「――ん……」

顔の角度を変えて、何回もキスを繰り返しているうちに、雪郷の舌が唇の隙間から中に入ってきた。蒼は自然に受け入れた。濡れた舌の感触に、性感が煽《あお》られる。

「あ、っ……」

雪郷の大きな手が、スウェットの裾《すそ》から中に入ってきた。不意打ちに驚き、湿った肌を撫でられてぞくぞくした。

「蒼ちゃん……」

煌々《こうこう》と電気のついたリビングのソファで、こんないきなり押し倒されたのは初めてだ。びっくりしたが、雪郷の息が弾《はず》んでいるのに、嬉しくてどきどきした。

「あ、あ…っ」

下着の中に手が入ってきて、もう半分起き上がっていたものを握り込まれた。じん、と痺《しび》れるような快感が身体中に拡散していく。

「ゆ、きさと……」

意識していないのに、煽るような声になった。恥ずかしくて口に手の甲を当てると、雪郷がそれを払った。いつにない乱暴な仕草に心臓が跳ねる。雪郷がさらに体重をかけてきた。大きな身体に押しつぶされる。激しいキスに蒼はぎゅっと目を閉じた。

「う――」

雪郷の背中から、ジョガーパンツの後ろに手を入れ、逞《たくま》しい臀部《でんぶ》を撫でた。しよう、と身体で合図を送る。唇が離れると透明の唾液《だえき》が糸を引いた。蒼は舌を出して雪郷の唇を舐《な》め、眼鏡をはずさせた。

「雪郷」

座面のゆったりしたソファでも二人で絡み合うと狭い。もどかしさが興奮につながり、いつになく雪郷の手の動きが性急で、蒼はそれにも感じてしまった。

「蒼ちゃん」

「――ん、……っ……」

明るいところで下だけ脱いで、足を開かされる。こんなふうにいきなりトップギアに入るのは初めてだ。舐められ、追い詰められて、蒼は夢中になった。中に舌が入ってくる。

「あ、あ……っ」

深いところまで探られ、どんどん余裕を失った。欲しい。もっと強く、激しくえぐって欲しい。

蒼の声にそそられるように、さらに深くもぐりこんできて、蒼はたまらずストップをかけた。

「もう、や……」

雪郷が顔をあげた。目が合って、急に恥ずかしくなった。

「――蒼ちゃん」

自分がどんな顔をしているのかわからないが、雪郷は愛《いと》おしそうに手を伸ばしてそっと頬に触れた。

そのままずりあがってくると、もう一度長いキスをした。

「…蒼ちゃん、このまま、していい?」

雪郷の熱っぽい声にまで感じる。

あてがわれたものの固さと大きさ、そして先端が濡れているのに喉《のど》が鳴った。

「はやく」

あ、と思った瞬間、中にもぐってきた。ジェルがないので、いつもより抵抗感が強い。

「痛くない？」

「だいじょうぶ…あ…」

本当は痛い。でも痛いのがいい。雪郷が入ってくるのが実感できる。

蒼は雪郷の肩にすがった。

「は……っ、あ――」

雪郷はいつも最大限、蒼の身体に負担をかけないように気遣ってくれる。もっと乱暴にしてもいいのに、と思うけれど、大切にしてもらえるのはすごく嬉しい。

「蒼ちゃん」

やっぱりジェルがないと奥までは無理で、雪郷は途中で断念した。

「ふふ」

無念そうに立往生《たちおうじょう》しているのがおかしくて、可愛くて、笑ってしまった。雪郷も困ったように笑っている。

「痛いよね、ごめん」

「あ、そのまま…して」

身体を引きかけた雪郷を引き留め、蒼は促《うなが》すように腰を動かした。半分も入っていないはずだが、それでもなんとかなりそうで、雪郷がリズムに乗ってきた。

「蒼ちゃん…」

キスを交わしながら、雪郷の手が蒼を握り込み、ゆっくり腰を動かし始めた。浅いところを出入りするもどかしい性感に、徐々に呼吸が弾む。

「——ん、……う、…」

粘膜がめくれるような感覚に、いつもと違う興奮がわきあがる。雪郷の目にも熱がこもった。

「ああ…い、いい…」

痛みが快感にすり替わる。蒼は雪郷の肩にすがっていた手に力をこめた。高まっていく。雪郷の動きにちゃんと合わせられる。いつの間にかお互いのタイミングや癖を覚えていた。それが嬉しい。

「雪郷……っ」

快感が大きく波を打ち、蒼が達するのとほぼ同時に雪郷も上り詰めた。

「——は、……」

一瞬の空白のあと、雪郷が脱力して落ちてきた。蒼は汗ばんだ大きな身体を受け止めてソファに沈んだ。

はあはあという荒い呼吸が混ざり合い、蒼は幸せな気持ちで雪郷の髪を撫でた。

「ごめん、蒼ちゃん…痛くなかった?」

「ちょっとだけ。でもすごくよかった」

いつになく興奮して、いつになく盛り上がった。しかも二日連続でした。

蒼は満足しきって雪郷の頬にキスをした。

「雪郷、仕事があるのに、ごめん」

蒼が言うと、雪郷が思い出したように壁掛けの時計に目をやった。

「こっちこそごめん。蒼ちゃん疲れてるのに」

名残惜《なごりお》しそうだったが、雪郷は何度も蒼にキスをしてから仕事部屋に入っていった。

「ん？」

幸せな余韻《よいん》に浸《ひた》りながら、もう一回シャワー浴びたほうがいいな…と考え、蒼はなにげなく置きっぱなしにしていたスマホを見た。トークアプリにメッセージがきている。

「奥村《おくむら》さん？」

びっくりして、慌てて開いた。

〈こんばんは。奥村です。突然ですが堤《つつみ》君には内密でご相談したいことがあります。近々お時間をいただけないでしょうか〉

「え……」

思わず仕事部屋のほうを見た。防音の部屋からは当然なんの物音もしない。

内密とはどういうことだ？

〈こんばんは。相談というのはどういったことでしょうか？〉

〈お会いして直接お話ししたいと思っております。場所と時間を指定してくだされば三原《みはら》さんのご都合に合わせます。例えば三原さんのお勤めの会社の最寄り駅に、明日の昼などはいかがでしょうか〉

都合に合わせると言ったそばから指定している。少々呆れたが、それだけ緊急の用事なのだろう、と蒼は嫌な予感に急《せ》きたてられながら、了解の返信をした。

5

「突然お呼びたてしまして、申し訳ありません」

翌日の昼、蒼《そう》はステーションビルの中にあるカフェで奥村《おくむら》と向かい合っていた。観葉植物で間仕切りされたボックスシートばかりで、ノートパソコンを広げて仕事をしたり、書類をはさんでやりとりしているスーツ姿の客が目につく。奥村も貫禄《かんろく》あるパンツスーツスタイルだ。

「新しい環境には、もう慣れましたか？」

相変わらずにこりともしない奥村に気圧《けお》されつつ、蒼は「おかげさまで」と愛想《あいそ》笑いを浮かべた。

「ランチセット、クロックムッシュとホットコーヒーでお願いします。三原《みはら》さんはどうしますか？」

店員がメニューを差し出すと、奥村は一瞥《いちべつ》して瞬時《しゅんじ》にオーダーした。

「あ、それじゃ僕も同じもので」

鼻白《はなじろ》んだが、時間をやりくりして来たのであろう奥村に、蒼も慌てて合わせた。

「引っ越しして、まだひと月経《た》ちませんから、いろいろ落ち着かないでしょうね」

「ええ、でも僕は会社が近くなったんでずいぶん楽です。雪郷《ゆきさと》は切り替えが大変そうですけど」

「そうですか」

奥村の眉がかすかに寄せられた。

「昨日も昼間に電話で打ち合わせをしたんですが、毎日家に蒼ちゃんがいるんだ、って何回も同じことを言ってまして、まあよっぽど嬉しいんでしょうが、二十六にもなってなかなかの浮かれ具合だなと感心しました」

「は、はあ」

中学のころからのつき合いで、雪郷にとって奥村はプライベートまで見せてしまえる相手のようだ。が、奥村のようなキャラクターに馴染《なじ》みがなく、蒼は内心戸惑った。

「あの、それで、雪郷には内緒で相談、っていいますのは…？」

「相談といいますか、三原さんから見て堤《つつみ》君は『切り替えが大変そう』なわけですね。それをお聞きしたかったんです」

奥村が言葉を切ったのを見計らったようにランチセットがふたつ運ばれてきた。

「まずはいただきましょう」

奥村がおもむろにお手拭《てふ》きを取った。

なんとなく話の方向性が見えて来て、あまり食べる気がしなくなっていたが、とりあえず蒼も手をつけた。

「もしかして、雪郷、仕事がうまくいってないんでしょうか…？」

おそるおそる切り出すと、奥村は「いえ」と首を振った。

「そもそも私に非があります。引っ越しで多少のタイムロスはあっても、機材の性能をあげたことなどでカバーできると計算してしまいました」

「遅れてるんですか？」

「いつになく進行が遅いですね。あ、スランプとか、そういうんじゃないですからね」

奥村がそこは間違えないように、と語気を強めた。

「上がった楽曲は今まで通りのクオリティです。むしろ草舟のテーマとか、こういうのも作れるんだなって感心してるくらいで」

ちょっとでも雪郷の才能に疑いをさしはさませない、というような熱が溢れていて、つまりこの人は雪郷の絶対的な味方なんだな、と蒼は理解した。

「ただ、いつもならもう八割がた上がっていてもおかしくないので、遅れているといえば遅れています。本人は大丈夫だと言っていますし、私もそれを疑っているわけではないのですが、環境が変わったこともありますし、一応三原さんに様子をうかがってみようかと思いまして、こうしてお時間ちょうだいしました」

話を聞いて、蒼は浮かれていたのはむしろ自分のほうだ、と反省した。

確かに仕事が押している様子はあった。でも雪郷はなにも言わなかったし、蒼も雪郷のふだんの仕事ペースなど把握《はあく》していないので、そんなに深く考えていなかった。

それどころかどうやったらその気にさせられるかと悩み、二日続けて思い切り仕事の邪魔をしてしまった…、と蒼は今さら恥ずかしくなった。年上の自分のほうがもっと雪郷に気を配るべきだったのに。

「その、遅れてる、っていう仕事はどういう…？」

「来季アニメの挿入楽曲と劇伴《げきばん》です。メインテーマとキャラクターソングはできてるんですが、残りがまだ手つかずで、まあ情景曲とか状況曲とかは堤君ならすぐ作れるので、問題ないといえば問題ないんですが」

「それ、締切はいつなんですか？」

「月曜に音楽監督さんと打ち合わせすることになってます」

今日は火曜だ。水、木、と心の中で指を折る。

「五日で、ってどのくらい大変なんでしょうか」

「他の人ならかなり危ないですが、堤君が大丈夫だと言っているのですから、私はそれを信じます」

信じます、という言い方に、蒼は逆に不安になった。

「雪郷の邪魔をしないように、今日からできるだけ家に帰るのを遅らせるようにしてみましょうか」

「そこまでしていただかなくても」

時間をつぶせる場所を考えながら言うと、奥村が苦笑した。

「むしろ三原さんの帰りが遅くなったら、堤君はそわそわして仕事が手につかなくなるんじゃないでしょうかね。堤君ならちゃんと帳尻《ちょうじり》あわせてくれると思いますし、大丈夫ですよ。ただ、今後はしばらく私のほうで余裕をもったスケジュール調整にします」

「すみません」

「三原さんが謝ることではありません」

奥村はあっという間に食べ終えてナプキンで口を押さえた。

「今日はお時間いただいてありがとうございました。堤君を変に焦《あせ》らせたくないので、私が様子を訊いたことは伏せていただけると助かります」

「わかりました」

改札に向かう奥村とはカフェの前で別れ、蒼はステーションビルを出るために下りエスカレーターに乗ろうとした。

「三原さん？」

あれこれ考えごとをしていると、ふいに後ろから声をかけられた。前の部署の同僚だ。

「お久しぶりです。ちょっといいですか？」

一瞬名前を失念していて焦《あせ》ったが、思い出した。野々宮《ののみや》だ。いつものスーツではなく、明るい色目のジャケットにフレアスカートという恰好で、髪もハーフアップでずいぶんフェミニンだ。

「私、今月いっぱいで退職することになったんです」

今日から有休消化に入るので荷物を整理しにきて、その帰りなんです、と野々宮は私物の入っているらしい紙袋をちょっと持ち上げて見せた。

「そうだったんですか。お疲れ様です」

業務上まったく接点がなくなっていたので知らなかった。総務にいても蒼は人事とは距離があるので、異動関連の情報が入ってくるのはずっとあとだ。

もっとも人間関係に失敗していなければ少しくらいは耳に入ってきていただろうけどな、と蒼は内心苦笑した。

「知らなくて、失礼しました」

「こちらこそ。三原さんには最終日までには一度ご挨拶《あいさつ》したいなと思ってたんです。ちょうどよかった」

話がしたそうだったので、人通りを避《さ》けて自動販売機の前で足を止めた。

「三原さんにはいろいろかばってもらったでしょう。そのお礼を言いたくて」

「僕がですか？」

なんのことだ？　と首をかしげると、野々宮はくすっと笑った。

「三原さんにそんなつもりはないんだろうなって思ってましたけど。でも私は助けられてました」

そこまで言われて、チームリーダーがよく彼女の容姿をあげつらって笑いをとっていたのを思い出した。彼女をかばうというより、そういう話で笑うのが生理的に無理で、蒼はいつも話を変えようとしたり、無視したりしていた。

「西原《にしはら》リーダーが出向《しゅっこう》になるのはご存じですか？」

「いや、知らないです。そうなんですか？」

押しの強い人で、蒼はとことん苦手だったが、仕事ができることには間違いなかったから驚いた。

「三原さんが異動になってから、けっこう部署内でいろいろあったんですよ。人事の聞き取りで、私もかなりぶっちゃけましたからね」

いたずらっぽく笑い、野々宮は、「三原さんが異動になる前からひそかに転職活動をしてたんですよ」と打ち明けるように言った。

「ステップアップのつもりで真剣に転職活動してたから時間はかかりましたけど、やっとここならってところに採用してもらえました。小さい会社なんですけど、そのぶん自分の力を試せそうだし、お給料は下がっちゃいますけど、出世して取り返すつもりです」

一緒に仕事をしていたころは、とってつけたような笑顔しか見せなかった気がする。野々宮の自然な笑顔に、蒼も心から「よかったですね」と祝福できた。

「本当は、どこにいても自分の実力出せるようになりたかったんですけど、でも環境変えるのだって自分の力ですもんね」

なにげない一言だったが、環境を変えるのも自分の力、という言葉に、蒼はふと大切なことを聞いた気がした。

「三原さんは、転職は考えてないんですか？」

少し思い出話をして笑い合い、別れ際に遠慮がちに訊かれた。ほぼ左遷《させん》だった辞令を受けたとき、蒼も多少は考えた。

「今のところは。案外バックオフィスは向いてたみたいなんです」

一瞬意外そうな顔になったが、すぐ野々宮はそうかも、というようにうなずいた。

「サポート業務って、ある程度の規模になったら会社の根幹《こんかん》ですしね」

「地味であんまり評価されないですけどね」

でも自分で向いている、と確信できているのは蒼にとって大事なことだった。

「結局、そこにいることに納得できてるかどうかですよね。お互い頑張りましょう」

そこにいることに納得できてるかどうか、という言葉に、蒼は荻野《おぎの》とつき合っていたころの自分を思い出した。

荻野は強引な男で、さんざん振り回されて腹も立ったが、自分で決めなくていいのが蒼にはとにかく楽だった。だからこそ、いつもふらふら荻野のところに戻ってしまったのだと思う。

でも今は違う。

弾《はず》みのようにつき合い始めたのは同じだったのに、蒼は雪郷と一緒にいたい、とはっきりとした自分の意志で思うようになった。

雪郷とこの先もずっと一緒にいたいと思うのなら、雪郷の仕事の邪魔になってはいけない。

「おかえり」

その日も家に帰ると雪郷はエプロン姿で出迎えてくれた。彼氏力あふれるデニムエプロンについ目を奪われたが、そうじゃない、と蒼は自分を叱咤《しった》した。

「雪郷、仕事忙しいんじゃないの？　無理してない？」

テーブルに並んだ料理に、今日は内心困惑した。ロールキャベツにフルーツサラダ、キッシュまであって、あまり料理しない蒼でも手がかかっているとわかる。缶詰のホワイトアスパラに添えられたソースも手作りのようだ。

「時間かかったんじゃないの？　こんなにいっぱい」

「料理は好きだし、気分転換になってちょうどいいよ」

笑顔でそう言われると、ますます困ってしまう。

「でも、雪郷は締切とかあるんだろ？」

つやつやに炊けたご飯をよそって渡され、そのいい匂いに惑わされつつ、蒼は今まで雪郷の仕事を「自分にはよくわからないから」でスルーしていたことを反省した。

「劇伴、だっけ。ＢＧＭみたいなもの？」

「うん」

蒼から雪郷の仕事の話題に触れることはめったにないので、雪郷が意外そうにわずかに目を見開いた。

「そういえば映画のサウンドトラックってあるよね。ああいうの？」

「そう」

雪郷がスマホを出して操作した。

「これはこの前オリジナルサウンドトラックになったやつ。アニメは映像情報が実写より少ないから、そのぶん音楽がカバーするんだよね」

差し出されたスマホには、資料的なものなのか、美少女キャラが振り返る映像に「＊過去を振り返り、憂《うれ》いにしずむ」という文章が乗っていた。

「こういうの感情曲っていうんだけど。微妙な心の変化をモノローグと、あとこういう劇伴で表現する」

「あ、へえ」

無音の映像のあと、音の入った映像を見せられて、蒼は思わず声をあげた。さっきと同じ映像なのに、無音では感じなかった繊細《せんさい》な情動《じょうどう》が伝わってくる。背景など知らないキャラクターでも、モノローグに合わせて彼女の気持ちに寄り添う繊細な音楽が入ると、思わず慰《なぐさ》めたくなるような共感を覚えた。

「俺は感情曲つくるの好きなんだ」

雪郷がスマホを眺めてしみじみと言った。

「自分の気持ちをうまく言葉にできないから、よけいに」

今までもドラマや映画で見聞きしているはずなのに、劇伴というものに注意を払ったことはなかった。

雪郷はこんなにいい仕事をしているのに、その邪魔はしたくない。

「――あのさ」

蒼は奥村に話を聞いてからあれこれ考えていたことに結論を出した。

「えっと、急なんだけど、日曜の夜まで、俺、自分のマンションに戻ってるよ」

「どうして?」

スマホをポケットに入れようとしていた雪郷がびっくりしたように顔を上げた。

「総務部のシステムが更新になったんだけど、いろいろ不備が見つかって、手分けして持ち帰りでデータ入力することになったんだよね」

嘘をつくのはあまり得意ではない。蒼はあらかじめ用意していた言い訳を、なんとか自然に聞こえるように頑張った。

「月曜までにやっちゃわないといけないんだけど、資料持ち出すのにいろいろ決まりがあるから、その、守秘義務とかそういうの。だから向こうのマンションでやったほうが都合いいんだ」

蒼は「今日は火曜日」と雪郷に向かって指を折って見せた。

「水、木、金、土、日。五日でやっつけて、それ終わったらすぐ帰ってくるから」

雪郷が無言になった。

ちょうど雪郷と同じ締切設定にしてしまったのは不自然すぎたかも、と蒼は背中に汗をかいた。

「――蒼ちゃん」

「はい」

雪郷の静かな声に、思わず背筋を伸ばした。

「もしかして、奥村さんになにか言われた？」

ずばりと訊かれ、蒼は言葉に詰まった。

「もし俺の仕事の進行のことでなにか言われたんだったら心配しないで。これでも俺、もう十年以上この仕事してるから。ペースあげればちゃんと追いつける、ってこれ、奥村さんにも言ったんだけどな」

雪郷は途中からため息まじりで呟くように言った。

「なんで蒼ちゃんにそんなこと言うんだろ」

「奥村さんは雪郷の言ったこと疑ったりしてないよ」

奥村は雪郷の絶対的な味方だ。雪郷が無理なく仕事できるように、と考えてくれただけなのに、万が一でも自分のせいで仲違《なかたが》いするようなことになったら、と蒼は焦った。

しかたなくぜんぶを白状すると、雪郷は黙ってそれを聞いていた。

「それで、俺やっぱり雪郷の仕事終わるまで、自分のマンション行ってるよ」

こんな話をしている時間も、本当なら仕事に当ててほしい。むしろ自分がサポートしてあげたいくらいだが、まだ生活が軌道《きどう》に乗っていない上、雪郷の性格ではかえって落ち着かなくなるのは目に見えていて、他にいい解決法を思いつかなかった。

「俺、恥ずかしいけど雪郷の仕事のこと、ちゃんと知らなかったし、考えてなかった。これからずっと一緒に暮らすんだから、お互い無理するのはやめよう？　最初からなにもかもうまくやろうとしたって無理だよ。俺がここにいたらお互い気を遣うだけだし、だから今回だけ、雪郷の仕事終わるまで向こう行ってる」

雪郷は何か言いかけたが、蒼が本気で言っているのがわかったのか、考え込むように目を伏せた。

「——日曜より早く仕事終わったら、蒼ちゃん迎えに行ってもいい？」

しばらく黙っていた雪郷が顔を上げた。どう説得しようか、と言葉を探していたから、蒼は「もちろん」と勢い込んでうなずいた。

「っていうか、終わったら教えて。すぐ帰ってくるから」

「じゃあ、頑張る——蒼ちゃん」

雪郷が思い切ったように蒼と視線を合わせた。

「荻野さん、日本に帰ってきてるんだよね。蒼ちゃん、知ってるよね」

え、と蒼は固まった。突然すぎて、頭が回らない。雪郷は妙に静かに蒼を見つめている。

「それ、誰から聞いたの…？」

「誰からも聞いてないよ」

「じゃあ、どうして」

「蒼ちゃんは荻野さんのＳＮＳってぜんぜん見てないんだ？」

意外そうに言われたが、蒼のほうもＳＮＳなど頭にもなかったのでびっくりした。

「見てないよ。雪郷は見てるの？」

「うん……時々」

雪郷が荻野のことを気にしているのは知っていた。が、SNSをチェックするほどだとは思っていなかった。

「約束してくれる？　もし荻野さんが蒼ちゃんに連絡とってきても、絶対に会わないって」

心臓が嫌な音をたてた。

――別れようって言われて俺が引き留めるのは蒼だけだ。

――半年離れてたくらいで、終わりにできるわけねえだろ。俺たち何年つき合ってると思ってるんだ。

「蒼ちゃん？」

嘘をついてもすぐバレるのは、今身をもって理解していた。蒼はごくりと唾《つば》をのみ込んだ。

「晃一《こういち》、が」

蒼は激しく迷って、打ち明けた。

「まだ別れたつもりはないって、…言いに来た」

今、このタイミングでこれを言っていいのかわからず、こめかみがどくどく激しく打った。でも、ここで黙っているのはフェアじゃない。

「いつ？」

雪郷が顔色を変えた。

「き、昨日」

「昨日？」

「会社の昼休みに、急に来て……、もちろん復縁なんかありえないってちゃんと断ったし、会ったって言ってもほんの五分とかだし。黙っててごめん。でも雪郷にまで嫌な思いさせたくなかったし、俺はもうそんな気ぜんぜんないから、い、言わない方がいいかと……思って」

非難される覚悟をしたが、雪郷は無言のまま蒼から視線をそらせた。

「雪郷、俺のこと信用できない？」

なんとか雪郷にわかってほしくて、蒼は懸命に言葉を探した。

「蒼ちゃんのことは信じてる」

「俺、本当にもう晃一のことはなんとも思ってないから。次に来ても、絶対に会わない。約束する」

蒼の精一杯の気持ちが通じたのか、雪郷はしばらくして肩から力を抜いた。

「ごめん、蒼ちゃん。俺が仕事の心配させたからだよね。すぐ終わらせて、それで蒼ちゃん迎えに行くから」

「うん」

ほっとしたが、雪郷が自分を納得させようと努力していることが伝わってきて、蒼はこれで正解なのか自信がなくなった。

「待ってるよ」

とにかく雪郷が無事に今の仕事を終わらせるのが最優先だ。

蒼はテーブルの上で雪郷の手を握った。

駅まで送るという雪郷を玄関で押しとどめ、蒼は当座の荷物を詰めた出張用のカートを引いて、自分のマンションに戻った。

6

久しぶりに狭いワンルームに戻り、埃《ほこり》っぽいベッドに座って、蒼《そう》はさっそく荻野《おぎの》のＳＮＳにアクセスした。

「ふーん…」

特別な感慨もなく、ただ「相変わらず派手だな」と荻野の投稿《ポスト》をいくつか眺めた。手がけているビジネスの紹介や、有名ユーザーとの合同イベントの報告など、プライベートとビジネスが半々で、当たり前のことながらイメージアップを狙う華やかなものばかりだ。日本に帰国したという投稿も、蒼の知らない業界人らしい面々との会食写真とともに報告されていた。

優雅なアウトドアグルメやマリンスポーツ、最新流行のレストランといった写真の連続に辟易《へきえき》して、蒼はすぐ閉じてしまった。

蒼自身は就活のときにアカウントを作ったものの、数年単位でログインしていなかったのでパスワードがわからず、学生時代のタブレットでようやくログインできたというていたらくだった。

ついでに友人たちのアカウントを巡回《じゅんかい》して、最後に検索から雪郷《ゆきさと》の公式アカウントにアクセスした。雪郷はプライベートな発信はしていない。奥村《おくむら》が「私が動かしています」と言っていた事務的な活動報告や告知がメインだ。

公式のロゴの下には楽曲のダウンロードや配信サービスのリンクが並び、その中には雪郷が個人的に作っている楽曲動画サイトもあった。

蒼に送ってくれた一週間ぶんのループアニメーション動画は、今もいろんな国の人たちに視聴されている。

――さみしかったら俺が迎えに行くよ。

「待ってるね」

懐かしい楽曲とアニメーションに、心がなごんだ。

あのとき雪郷が差し出してくれた優しさは、今も蒼の中で育っている。

なかなかうまく噛み合わないが、試行錯誤《さくご》しているうちに、きっといつかは自分たちらしい関係性に落ち着くはずだ。

「待ってるから」

画面に指を触れ、蒼はもう一度つぶやいた。

〈蒼ちゃん、今どこ？〉

ＩＣカードを出そうとしたとき、ポケットのスマホに雪郷からトークが入った。

改札を抜けて、蒼は足を止めた。

残業が思ったより長引いた上に電車が遅延《ちえん》して、ずいぶん遅くなってしまった。

〈今駅着いたとこ〉

火曜の夜に自分のマンションに戻り、三日が経《た》った。

仕事の邪魔をしたら本末転倒なので、蒼からは極力連絡は入れないことにしていた。

なにより雪郷から頻繁《ひんぱん》にメッセージがくる。

〈遅かったね〉

夕方から夜にかけて、雪郷は蒼の居場所を把握したがる。会社を出る前にも二回、どこにいるのか尋ねられた。

〈電車が遅延したから。雪郷は？　順調？〉

〈うん。ありがとう〉

雪郷が蒼の行動をチェックしている気配は、だんだんあからさまになっていた。蒼はあえて気づかないことにしていた。

ひと月前まで住んでいた四階建てのマンションについたのは、十一時前だった。階段を使って自分の部屋のある三階に上がり、鍵を出そうとして、蒼はふと玄関のスチールドアに日をやった。古いマンションのよくあるドアは、全体が埃で薄汚れていた。が、把手《とって》の斜め上あたりだけ、何かがこすれたような跡がある。なんだろう、と不審に思い、ひとつの可能性に思い当たったが、まさかね、と打ち消した。

家の中に入ると急に疲れが出て、蒼はエアコンをつけると埃っぽいベッドにごろっと転がった。

引っ越しはしたが家具も家電もほぼそのままにしていたので、生活するのに支障はない。契約の退去期限に余裕があったからだが、まさかこんな形で出戻るとは思ってもみなかった。

いつの間にか少しうとうとして、のどの渇《かわ》きで目が覚めた。

スーツのままだったのでとりあえずシャワーを浴びよう、と蒼はのっそり起き上がった。なにげなくテレビをつけると、深夜アニメをやっていた。いつもなら替えてしまうところだったが、流れてくる音楽にふっと心惹《ひ》かれた。

中世のヨーロッパのような石畳《いしだたみ》の町を、エプロン姿の女の子が走っている。ピアノの楽曲に合わせて笑いながら町を走り抜け、階段坂をぴょんぴょん駆け上がる。足元からピアノの音がこぼれるようだ。

ああ、やっぱり音楽はすごいんだな、と蒼は思わず画面に見入った。軽快な音楽が彼女の希望に満ちた表情をさらに盛り上げている。少女の明るい性格や、まっすぐな気性まで音楽で伝わってくるようだ。

アニメはラストシーンだったらしく、そのままエンディングが流れ始めた。

「あ」

もしかして、とスタッフロールに注目していると、音楽のところにYUKISATOという
クレジットを見つけた。

やっぱり、と嬉しくなって、蒼はいそいそスマホを出した。極力こちらからは送らないことにしていたが、これは例外だ。

〈今、雪郷が仕事したアニメ見たよ。スタッフロールにYUKISATOって名前があった〉

仕事中だろうから反応は期待していなかったが、スーツの上着を脱いでいると、スマホが鳴った。通話だ。

『蒼ちゃん?』

「うん」

まだエンディングが流れている。電話の向こうの雪郷にも聴こえているらしく、気恥ずかしそうに笑う気配がした。

『珍しいね、蒼ちゃんがアニメなんか見るの』

「たまたまつけたらやってた。いい曲だね。これも雪郷の?」

『うん。…蒼ちゃん、家にいるんだね』

雪郷が当たり前のことを確認するように言った。

「いるよ?」

テレビの音で安心した、という意味だと気づいて、蒼はふと嫌な予感がした。

「雪郷…」

電話の向こうで、雪郷がためらう気配がした。

『今日、一番手こずってたとこがうまくいって、目途《めど》ついたら急に蒼ちゃんの顔見たくなって……、せっかく俺の仕事の邪魔しないようにって気をつかってくれてるのに、どうしても我慢できなくて、俺、そっちに行ったんだ』

雪郷が打ち明けるように言った。

やっぱり来てたのか、と蒼は息をついた。ドアのところにこすれた跡があった。あれは雪郷が凭《もた》れてできた跡だった。

『ちょっと顔見たらすぐ帰るつもりだったんだけど、蒼ちゃん、今日残業で帰ってこなかったから…』

「雪郷」

どうしても声がきつくなる。雪郷が言ったことはきっと嘘じゃない。でも全部が本当でもない、と蒼にはわかってしまった。

「まだ会社にいる、って二回くらい返事したよ?」

『うん』

蒼がどこにいるのか、誰といるのか、雪郷はそれを気にしている。きっと頭ではわかっている。でも気持ちが納得しないから、そんな理屈に合わないことを衝動的にしてしまうのだ。

何のためにわざわざここに戻ったんだ、と蒼は脱力した。

「雪郷、そんなことしてたら時間がもったいないよ。俺のこと信用してるって言ってくれただろ?」

『蒼ちゃんのことは信じてるよ』

じゃあなんで、と言う前に遮《さえぎ》られた。

『俺が信じてないのは、自分だよ』

一度口にしてしまったら止まらない、というように雪郷は「荻野さんと比べられたら、俺に勝ち目なんかない」と吐き出すように言った。

「え?」

突然思ってもみなかったことを言われて、蒼は混乱した。

「どういうこと?」

『荻野さんと比べられたら、俺はどうしようもない。蒼ちゃんと荻野さんは十年以上もつき合ってて、荻野さんは俺の知らない蒼ちゃんのことも知ってる。荻野さんは浮気性かもしれないけど、絶対蒼ちゃんのところに帰っていくだろ。蒼ちゃんは特別なんだよ。俺が割り込む隙なんか、本当はないんだ。俺は蒼ちゃんが弱ってるとこにつけこんでなんとかつき合ってもらったけど、どうせいつかは蒼ちゃんも荻野さんのところに帰っていく』

だんだん早口になって、雪郷はそこでぐっと言葉を呑んだ。

「雪郷……」

蒼は呆然としてスマホを耳に当てていた。雪郷がそんなことを考えていたなんて、ぜんぜん気づかなかった。

スマホを握っている指先が冷たくなり、息が浅くなった。

「雪郷は、どうせ俺たちはうまくいかないって思ってたの？」

声が掠《かす》れた。

「俺は、これからずっと一緒だって思って、それで引っ越しだってしたし…」

『でも蒼ちゃんはその部屋、引き払わなかったよ』

雪郷が鋭く遮った。

続けざまに考えてもいなかったことを言われ、もうなにも言えなくなった。

自分たちはもっとぴったりと寄り添っているのだと思い込んでいた。

実際はぜんぜん違うところを見ていて、蒼はそれに気づいてすらいなかった。

「雪郷がそんなこと気にしてるなんて、知らなかった。会社の契約だから家賃来月まで先払いになってるし、ゆっくり荷物処分できていいかなって、それだけだったんだけど」

雪郷にもそう説明したはずなのに、それでも引っ掛かっていたのか。

『――ごめん』

雪郷が短く謝った。

『ごめん、蒼ちゃん。今の忘れて』

自分なりに雪郷を大切にしているつもりだった。彼のくれる愛情に精一杯応えているつもりだった。

でもそれはぜんぶ「つもり」にすぎなかった。少なくとも、雪郷には届いていなかった。

「雪郷」

『もう切るね。おやすみ』

一方的に通話が切れて、蒼はしばらくスマホを手に突っ立っていた。

「今の忘れて、って……」

この期《ご》に及んで、雪郷は最後には謝って、蒼を追い詰めることはしなかった。

つまり、信用されていない。

仲違《なかたが》いをしたら、蒼は簡単に荻野のところに戻っていくのだと思っている。

「――ごめんって、なに？　おやすみって、なに」

どんなに時間がかかっても、自分たちらしい関係を築いていけたら、と思っていた。でもそれはぜんぶひとりよがりだったのか。

しんと静まった部屋に、テレビの音だけがうつろに響く。アニメはとうに終わっていて、健康食品の通販番組が流れていた。

蒼はのろのろテレビを消した。

7

「新婚妻が気になって仕事が手につかないクリエイター夫ってとこか。なるほどね」

鏡の向こうで嶋田《しまだ》がケープを払いながらひやかすように笑った。

土曜の午後八時、嶋田の勤めるヘアサロンは蒼《そう》が最後の予約だったようだ。ブースではまだ数人の客が施術《せじゅつ》の最中だが、ウェイティングスペースにはもう誰もいない。

「で？　何かリクエストある？」

「いつも通りで」

「はーい、いつも通りね」

そばにいたアシスタントスタッフに「こっちもういいよ」と指示して、嶋田は蒼の髪に指を入れた。

寝つきがいいことには自信があったのに、昨日はあまりよく眠れなかった。

せっかくの休日なのに気持ちが沈みがちで、そのうち処分しないと、と思っていた荷物の整理をしたりして過ごしたが、気づくと手が止まってぼんやりしている。…もしかしたら、またここに戻ってくるかもしれない、と思って荷物を整理する気になれない自分に気づいて、蒼はさらに落ち込んだ。

おはよう、くらい送ってみようかとスマホを手にしては、返事がこないかとそわそわするのが容易に想像がついて止《や》めた。

こういうときは気分転換だ、と思いついて嶋田のヘアサロンに予約を入れた。

「ごめんな、無理言って」

普通ならこんなに突然予約など取れないが、友達特権を発動して入れてもらった。

「なんの。大事なカットモデルさまだからね。代わりに次の講習会もお願いしますよ?」

蒼は頭ちっさくて形が理想的なんだよねー、と嶋田は髪を触って状態を確かめ、腰のシザーケースから鋏《はさみ》を出した。

「それにしても荻野《おぎの》はなー。友達としちゃ面白いし、いいとこもあるんだけどなあ」

嶋田が苦笑いをした。

「やることが小さいよね」

「なんの話?」

「SNS。荻野、雪郷《ゆきさと》が見るだろってわかってやってんだよな」

サロンの予約をとるために電話したとき、たまたま嶋田が休憩時間中だったので、ざっくり事情を話していた。

「蒼はSNSとか見ないからピンとこないんだろうけど、荻野、ちょいちょい雪郷にジャブ打ってるんだよ」

嶋田はどう説明したものか、というように鏡の中の蒼を眺めた。

「さっき荻野のSNS見たけど、やたら旧友、旧友って書いてるだろ？　見た？」

「いや…帰国したって投稿は見たけど」

興味がないので一回見ただけだ。

「あいつの事業の宣伝でやってるSNSだから俺もそんな見ないけど、帰国してからの投稿ってほぼ「旧友」との再会シリーズだったよ。別にどってことない内容だけど、ちょこちょこ学生時代がどうのって思い出話添えてて、雪郷が見たらひやひやすると思う」

「そうなの？」

自分の知らないところでそんな攻防があったのか、と蒼は驚いた。

「蒼はあんまり自覚ないみたいだけど、雪郷から見たら、蒼ってうっかり手に入れちゃった超贅沢品《ぜいたくひん》って感じなんだと思うよ。嬉しいけど、どうしようっておたついてる。自分にはもったいないし、すぐ取り上げられそう、でも一回手に入れちゃったから自分のものにしてたいって、じたばたしてんの、なんか可哀そうでさ」

おおげさな、といつもなら笑うところだったが蒼は気分が沈んでしまった。蒼も雪郷のことが好きすぎてどこか遠慮が出てしまうから、嶋田の言っていることは感覚的にはよくわかった。大事なものほどすぐには馴染《なじ》まないのかもしれない。壊してしまうのが怖くて触れない。

時間が解決する、と思っていたが、本当にそうなのかな、と蒼は少しだけ不安になっていた。

「んで、俺が適当に切っちゃっていいのね?」

黙り込んだ蒼の気分を引っ張り上げるように嶋田がもう一度確認した。

「会社員としての好感度はキープしてください」

蒼も努めていつものように応じ、しばらく共通の友人の噂話などをして笑い合った。気心の知れた友達と他愛《たわい》のないやりとりをしているとほっとする。

「——蒼」

「うん?」

どうぞ、とアシスタントから雑誌アプリの入ったタブレットを渡され、表紙のサムネイルを眺めていると、仕上げを始めていた嶋田が突然困惑した声を出した。

「なに?」

「いや……おまえが呼んだんじゃないよな?」

嶋田は手を止め、小声で訊いた。

「なに?」

意味がわからず訊き返すと、嶋田がわずかに顎《あご》を動かした。

「――は⁉」

嶋田の示したほうを鏡の中で追って、蒼は思わず大声を出した。

「な、な、なんで？」

さっきまで誰もいなかったウェイティングスペースに、荻野がいる。今日は完全な私服だ。さらっとした薄手のニットにきれいなシルエットのコットンパンツ、足元はスウェードのレースアップで、なんでもない組み合わせのはずなのに妙に色気があるのは、ラテン系の容姿と雰囲気のせいだ。

「荻野さんって、嶋田さんとお客様のお友達ですよね？　以前よくいらっしゃってた」

近くにいたアシスタントが無邪気に口をはさんできた。

「三原《みはら》さまからご予約入ったら連絡ほしいって言われてて…」

二人の反応に、アシスタントは「え？」と不安そうな顔になった。

「だ、だめだったんですか？」

荻野は悠然と笑いかけ、蒼は背中に嫌な汗をかいた。

「ごめんな、蒼。あとでミナちゃんには注意しとくから」

店にはまだ他の客もいて、騒ぎ立てれば嶋田に迷惑がかかる。結局ヘアカットを終えて、蒼は荻野と連れ立ってサロンを出ることになってしまった。

嶋田はしきりに謝っていたが、どう考えても顔見知りのアシスタント女子を舌先三寸で言いくるめた荻野に非がある。

「ストーカーみたいなことしないでくれる?」

蒼が非難すると、荻野は楽しそうに笑った。

「なあ、腹減ってないか?　なんか食いに行こう」

屈託《くったく》のない荻野に呆れながら、蒼はなんともいえない気持ちになった。

笑うと目じりが下がり、甘い顔立ちに愛嬌《あいきょう》がにじむ。強引で、甘え上手で、どうしても憎めない。

「メシ食うくらい、いいだろ。じゃあ、そこでいいや」

蒼のガードが緩《ゆる》んだのを見逃さず、荻野はファッションビルの前に看板を出していたワインバーに目をやった。

雪郷と入ったことのある店だ、と蒼は思わず歩調を緩めた。

つき合うようになって少しして、今と同じように嶋田に髪を切ってもらったあとに待ち合わせをして、一緒に入った。あのときはまだ雪郷と二人きりだとちょっと緊張して、そこでい い?　と蒼が訊くと、雪郷は固い笑顔を浮かべてうなずいた。よく考えたら、あれは雪郷とした初めてのデートだった。

「一杯だけつき合えって。な?」

断っても荻野は簡単には諦めてくれないだろうし、むしろこの機にちゃんと話そう、と蒼は決心した。

「お、けっこういいの置いてるぞ」

案内されて二人掛けの席につくと、荻野はワインリストを開いて声を弾《はず》ませた。

「腹減ってる？　適当に頼んでいい？」

店員を呼んでオーダーしている荻野に、蒼は軽い既視感を覚えた。

考えてみれば、別れてから、まだ半年と少ししか経《た》っていない。荻野の袖口《そでぐち》からのぞく時計の文字盤に見覚えがあるし、気に入っていたブラウンのスウェードの靴を今日も履《は》いている。荻野から見ても蒼は以前のままで、別れた実感などないのだろう。

店員を呼ぶ仕草も、慣れ親しんだ荻野のものだ。

「ありがとう」

ピッチャーの水を注《つ》いで、荻野が一つを蒼の前に置いた。受け取るとき、視線を感じた。たまにあることだが、近くの席の女性グループがちらちらとこっちを気にしている。

自分たちが「絵になる」ことを、蒼は思い出していた。蒼も荻野も外見について言及《げんきゅう》されることが多いが、二人でいるとさらに人目を引いてしまう。

店の壁に取りつけられたクラシカルな鏡に、自分たちが映っている。

蒼もシンプルなニットスタイルだが、嶋田に「もう帰るだけだし、いいよな」と少し派手目のスタイリングをされていた。どちらかというと蒼は細身で、肩幅のある荻野とは体格は対照的だ。でも自分で見ても、どこか雰囲気が似ているなと思う。同じシリーズ、同じ絵柄、同じジャンル、そんな感じだ。十年以上つき合って、ちょっとした好みが似ていることもある。

「蒼も飲むよな？」

「うん」

店員にオーダーしている荻野を眺め、蒼はうんざりしながらも、いつの間にかリラックスして店の空気を楽しんでいた。土曜の夜、クラシカルなイタリアンバールにはお洒落《しゃれ》をしたひとたちが集い、みな楽しそうに食事をシェアし、ワインを楽しんでいる。

「ここ、正解だったな」

オーダーを済ませ、近くのテーブルの料理を見やって荻野が満足そうに呟いた。

「フォトジェニックだし」

テーブルの端に写真系SNSのロゴが張ってある。最近は投稿を促《うなが》すような表示をする店が増えた。荻野が慣れた手つきで何枚か店内写真を撮った。

「それ、SNSに載せるの？」

「もしかして、俺の見てくれてる？」

荻野が楽しそうにスマホの画面を眺めた。

「一回だけ見た。成金ぽかった」

荻野に対しては言葉を選んだりしない。思ったままを言うと、荻野も「ひでえな」と笑った。

「そりゃビジネスで使ってるんだし。成金ぽく見えてるんなら、つまり成功だな」

気分で蒼を振り回し、身勝手なことばかりする荻野は、しかし一緒にいてとても楽な相手だった。蒼は万事《ばんじ》にこだわりがないので、勝手に決めて、好きなように振る舞う荻野とは相性がいい。放っておいても自分の快適を優先するので、荻野に対してはなにも気を遣わずにすんで、楽だった。

「やっぱりシマはカット上手いな。今度俺も頼もう」

蒼の髪を眺めながら、荻野は「向こうはマジで東洋人の髪やれる美容師がいないから」といつもの調子でぼやいている。

「ほら」

「ありがとう」

ワインと色鮮《あざ》やかに盛りつけされた皿が運ばれてきて、グラスに少し注いでもらった。ナッツとチーズが立体的に盛りつけられ、クラッカーにはパテが添えられている。

店員が、自分たちに興味を持っているのを感じた。近くの席の女子グループもまだこっちを気にしている。通りからよく見える席に案内されたので、通りすがりの人たちが視線を投げかけてくる。荻野と一緒にいるときはいつもこうだったな、と懐かしさが胸をよぎった。

荻野はスプーンの先でナッツを弄《もてあそ》んでいる。

「なにしてるの」

長い指が磨《みが》かれたカトラリーを動かしているだけなのに、楽器でも演奏しているようだ。荻野は笑ってナッツを手のひらに乗せ、口に運んだ。

「このアーモンド、店でローストしてんのかな」

「美味《おい》しいの？」

「食ってみろよ」

荻野が指先でつまんで蒼の手のひらに落とした。

荻野といると、昔の自分に戻る。

必要以上に気を回さず、気ままに差し出されたものを受け取ったり受け取らなかったり。口に入れながら、蒼は自分が過去に引き戻されていくのを感じた。

荻野と出会ったのは大学に入ってすぐで、それまで蒼は自分の容姿があまり好きではなかった。今にして思えば、母親の影響が大きい。

蒼の母親は子どもの目から見ても妙に色気のある綺麗な人だった。中身はごく平凡な主婦で、ほどほどに家族のために頑張り、庭の鉢植えの手入れをし、ペットの散歩を日課にしている。それなのに、どこにいても不必要に目だってしまう。何度か嫌な目に遭《あ》ったらしく、主婦の集まりや近所づきあいを避け、できるだけ摩擦《まさつ》を起こさないように気をつかって暮らしていた。

「目立たないようにしたほうが利口よ」

「出る杭《くい》は打たれるっていうでしょ」

あまりにうるさく言われるので、自分の容姿が嫌いになった。

蒼が本格的に人目を気にするようになったのは、高校時代に同性の先輩を好きになってからだ。

うっすらと自分が同性に惹かれる性質だということは感じていたが、彼の首筋や逞《たくま》しい腕をつい目で追ってしまう。気のいい先輩が何も知らずに接してくれるのが後ろめたく、女子に注目されがちだった蒼は、無意識に先輩を見てしまうのを彼女たちに気づかれないかとひやひやした。

目立ちたくない、見られたくない。

中身はごく平凡なのに、顔だけで注目されるのが苦痛だ。

薄曇《うすぐも》りのような日々をやり過ごし、この先もずっとこんな感じなんだろうか、と鬱々《うつうつ》としていたときに荻野と出会った。

大学に入学してすぐ、短期集中講義で隣の席になったのが荻野だった。

見た目も言動も派手で、のびのび自由に振る舞う荻野は、すぐ蒼に興味をもって近づいてきた。

荻野は自分が大好きで、楽しいことに目がなく、さらにライトな博愛主義者だった。来るもの拒《こば》まずで、誰とでも気軽に友達になる。敵も多かったが、荻野は意にも介さない。そのころの蒼は人に注目されることがなにより嫌で、いつも気持ちが委縮《いしゅく》していた。

「どうでもいいやつに嫌われたって実害なんかなんにもねえよ。悪口言われたって痛くも痒《かゆ》くもねえもんな」

荻野は蒼の鬱屈《うっくつ》をあっさりと蹴散《けち》らした。

バイセクシャルであることも荻野はほぼオープンにしていて、気がついたらつき合うことになっていた。

蒼が自分自身のまま、自然体でいられるようになったのは、完全に荻野のおかげだ。

「やっぱり蒼といるとしっくりくるな」

荻野が妙に実感のこもった声でつぶやいた。

「うん」

同じことを考えていたので、蒼は素直に同意した。ワインを飲もうとしていた荻野が、意外そうに蒼を見た。

「ちゃんと言ってなかったけど、晃一《こういち》とつき合えてよかったよ。最後あんな感じになっちゃったけど、感謝してる。ありがとう」

荻野には何回別れを告げたかわからない。でも感謝の気持ちを添えたことは一度もなかった。

荻野が眉を上げた。

「――俺は蒼と別れたつもりはねえよ」

「別れたよ」

蒼はそこだけは語気を強めた。

荻野のおかげで得たものはたくさんある。

でも、一緒にいて失うものも多かった。

「雪郷が気にするから、もう二人きりでは会わない。それ言うために、ここについてきただけだから」

「蒼は雪郷とじゃうまくいかねえよ」

荻野がかぶせるように断言した。さすがにむっとした。

「なんでそんなことわかるんだよ」

「わかるよ」

荻野は明日の天気を予想するように軽い口調で言った。

「蒼だって本当はわかってるだろ。俺と蒼は嚙み合ってる。いいとか悪いとかじゃない、相性の話だ。だからあんなに何回も別れようとしても別れられなかったんだ。誰と寝たって蒼より合うやつはいなかった。言っとくけど、セックスだけの話じゃないぞ」

テーブルの上で、荻野が手に触れてきた。

「俺はやっぱり蒼がいい」

親指のつけ根から先に向けてすっと撫でられ、蒼は軽く息を吞んだ。

「蒼だって同じはずだ」

そそのかすような甘い声に、蒼は自分の性感帯をぜんぶ知っている昔の男を眺めた。

「俺は雪郷がいい」

自分でもおかしくなるほど、それは揺らがなかった。

「相性とか、どうでもいい。俺は雪郷がいい」

確かに荻野とは相性がいいのだろうし、一緒にいると楽だ。でも、それだけだ。そして「女の子は別腹」と言われ続けているうちに、それを許す自分のこともちょっとずつ嫌いになっていく。

雪郷といるときは、蒼はいつも少し気を遣っていて、あれこれ考えていて、でも純粋に雪郷のことだけが好きでいられる。それが気持ちいい。

荻野がふーん、と笑ってまた蒼の手を取った。挑戦的な態度に、蒼はあえてそのままにした。

「でも雪郷のほうはどうだかな。いつ蒼が俺のとこに戻るかってひやひやして、疲れてるかもしれねえぞ」

ずばりと懸念《けねん》事項を口にされ、蒼は驚いて荻野の顔を見た。

「アタリ?」

にやっとした荻野に、自分はかなりいろんなことに鈍感なほうなのかもしれない、と蒼は息をついた。そう言えば、雪郷がずっと好きでいてくれたのにも全く気づいていなかった。

「俺、晃一とちゃんと別れてから雪郷と寝ればよかった。そしたら雪郷、あんなに晃一のこと気にしないで済んだかもしれないのに」

「なんだそれ」

荻野が珍しくむっとした顔になった。

「あのさ、晃一は友達の彼女だった子とつき合ったことある？　前の彼氏のこと気にならなかった？」

荻野の手を離させようとすると、意地になったように握り直される。子どものような攻防をしながら、蒼はふとこの経験豊富な男に訊いてみたくなった。

「いきなり、なんの話だよ」

「雪郷が晃一のことあんなに気にしてるって、俺知らなかった。そういえば前の部署の人も、つき合ってる子の前カレ知ってると微妙だ、みたいなこと言ってたし。やっぱり気になるものなのかな」

「人によるだろ、そんなこと」

「雪郷はどうかな。どう思う？　なんか恥ずかしくて訊けないんだ。がっかりされたくないし、雪郷すごく優しいから俺を傷つけたくないって本当のこと言わない気がするし。遠慮しちゃうんだよね、お互いに」

「俺が知るかよ」

荻野が呆れた口調になった。

「知るかよって、晃一詳しいじゃんそういうの」

「おまえなあ…」

「俺、いい年してほんとそういう機微がわかんないんだよね。でも一緒に暮らしてるんだし、だんだん慣れてきたら解決するかなあ」

悩んでいると、荻野がつくづくと蒼を眺めて黙り込んだ。

「なに？」

「――いや…本当に蒼は雪郷が好きなんだな」

今さら何を言っているのかわからず、蒼はただ荻野の顔を見返した。

「ずっとそう言ってるけど？」

「そうか」

いつも洒脱《しゃだつ》な態度を崩さない荻野が、ふと真顔になった。

「そうか。俺、ふられたのか」

「だから、ずっとそう言ってるのに」

まだ納得いってなかったのか、と本気で呆れた。

「……容赦《ようしゃ》ねえな」

ほんの一瞬間が開いて、荻野は苦笑した。

そのとき、急に店内がざわつく気配がした。みな出入り口のほうを見ていて、蒼もつられてそっちに目をやった。

「――え⁉」

驚きすぎて反射的に腰を浮かせた。

雪郷だ。

「蒼ちゃん」

ジャージの上下を着た雪郷はものすごい勢いで入ってきたかと思うと、肩で息をしながら店内を見回し、すぐ蒼を見つけた。

「な、なんで」

つかつかと近寄ってくる雪郷に啞然として、次に蒼は自分の手を握っている荻野にぎょっとした。荻野も驚いていたが、激しく手を振り払った蒼に、口元を緩めた。明らかに面白がっている。

なにごとだ、というように声もなく注目している店内の視線をかき分けるようにして雪郷が近寄ってきた。

――約束してくれる？

――もし荻野さんが蒼ちゃんに連絡とってきても、絶対に会わないって。

頭の中が真っ白になって、蒼は目を見開いたまま固まった。

雪郷がテーブルの前に立った。

「蒼ちゃん」

驚きと焦《あせ》りで返事ができない。ただ目の前に立った雪郷を見上げていた。

「仕事終わったから。迎えにきたよ」

「え――え？」

雪郷は、息を弾《はず》ませている以外は、まったくいつも通りの雪郷だった。

「仕事終わったら迎えに行くって約束したよね？　だから迎えに来た」

混乱している蒼に、雪郷は安心させるように穏やかに繰り返した。隣の荻野も拍子抜けしたように雪郷を見ている。

「帰ろう、蒼ちゃん」

なにがなんだかわからない。

「蒼ちゃんのぶん、これで足りますか」

荻野のほうを向いた雪郷の目が、急に険《けわ》しくなった。

あからさまに顔つきが変わり、ポケットから紙幣を出した雪郷に、荻野がふっと笑って肩をすくめた。

「いいよ、最後なんだし」

吹っ切れたような口調に、蒼は思わず荻野のほうを見た。

VINO

「二人きりで会うのはこれが最後なんだろ?」

「――うん」

状況がよく呑み込めないが、それは間違いない。蒼は立ち上がった。

「これで最後。さよなら」

雪郷の前で別れを告げて、蒼は雪郷と一緒に店を出た。

8

店の外は思いがけず冷え込んでいた。一日ごとに秋が深まっている。土曜の夜で駅前通りは大学生らしいグループや、手を繋いで歩くカップルでにぎわっていた。

「雪郷《ゆきさと》」

先に店を出ていた雪郷は、足を止めて蒼《そう》が追いついてくるのを待っている。

いつもと同じ優しい佇《たたず》まいに、蒼は逆に焦《あせ》った。

「えっと、あの――ご、ごめん。もう会わないって約束したのに」

雪郷はいつもと同じに見えるが、そんなはずない、怒ってるよな、と蒼はびくつきながら謝った。

「なんで会ったの?」

雪郷が短く訊いた。わずかに声が固い。やっぱり、と蒼は唾《つば》を呑み込んだ。

「シマのとこに髪切りに行ったら急に来て、それで、一回ちゃんと話したほうがいいかなって思って、…」

説明しながら自分でも「それはないよな」と情けなくなった。雪郷が怒っても当たり前だ。

「本当にごめん！　でも、でも今度こそ本当にもう二人きりでは会わないから！」

なんとか許してもらおうと蒼は一生懸命謝った。

「ちゃんと話して納得してもらわないと、晃一《こういち》何回でも接触してきそうで、だから」

「わかった」

雪郷が穏やかに話を止めた。

「え？」

「もうわかったよ。蒼ちゃん、寒いだろ。帰ろう」

タクシーを拾うために雪郷が車道のほうに向かった。

「お、怒ってないの？」

「好きな人のこと、怒れるわけないよ」

人通りの少ない歩道橋の脇で足を止め、雪郷が困ったように蒼を見た。

「俺は、蒼ちゃんには怒れない」

怒ってない、よかった——とほっとして、一方で「怒れない」という言葉に違和感があった。

雪郷は、今日は首にヘッドフォンを引っかけていない。慌てて出てきたのだとそれだけでわかった。

どうして雪郷は蒼が荻野とあの店で会っていると知ったのだろう、と改めて不思議になった。

「雪郷」

どうしてあの店にいるのわかったの？　と訊くつもりで呼んだ。

「――怒れない、って」

それなのに、恋人の名前を口にしたとたん、自分でもわけのわからない感情が溢れてきて、言うつもりもなかった言葉が口をついて出た。

「怒れない、ってどういう意味？」

「え？」

タクシーを止めるために手をあげていた雪郷が驚いたように蒼のほうを見た。

「なんで怒れないの？」

言葉にしてから、言いたいことが輪郭《りんかく》を現した。

雪郷は、いつも遠慮している。

本音をぶつけるかわりに蒼のことを優しく思いやる。でも、そのせいでずっと距離が縮まらない。

「怒ってよ。ちゃんと怒ってよ！」

遠慮して、あれこれ気を回して、肝心《かんじん》のところに手が届かない。自分もそうだ。すごく好きだから、喧嘩したくないから、嫌われたくないから、本音は言わない。疑問を質《ただ》せない。

もどかしくて、さみしくて、蒼は隣に並んでいた雪郷のジャージの裾《すそ》を引っ張って自分のほうに向けさせた。

「俺は雪郷が好きだよ。す、好きすぎて、考えすぎて、いろいろ、いろいろ変になっちゃうけど、でも大丈夫だから怒ってよ。雪郷と喧嘩になっても仲直りできるよ。仲直りしようよ。だから怒ってよ」

何を言っているのかわからなくなったが、伝えたいことははっきりしている。今引いたらだめだ、と強く思った。

「雪郷心配してたけど、俺は晃一のところにはもう戻らない。もし雪郷が俺のこと嫌いになっても、今度は俺がずっと待ってる。先に好きになってくれたのは雪郷のほうだけど、もう雪郷に追いついてるし、今は俺のほうが好きだよきっと」

雪郷は、毎日ループアニメーションと優しい楽曲を送ってくれた。好きだよ、と伝えてくれた。自分にはあんなことはできない。だけど、伝えるだけならできる。心の全部を怖がらずに見せることはできる。

「好きだよ」

心の底から、迷いなく言える。

「めちゃくちゃ好きだよ、雪郷。だから怒ってよ、言いたいこと全部言ってよ」

タクシーが近づいてきた。ヘッドライトがぱっとあたりを照らす。

眼鏡の向こうの雪郷の瞳が輝き、唇が薄く開いた。

「蒼ちゃん」

雪郷の大きな手が蒼の肩を引き寄せた。

タクシーが徐行して近づいてくる。一瞬ためらったが、その前に雪郷が強く抱きしめてきた。

蒼も夢中で抱き返した。

「蒼ちゃん、ありがとう」

耳元で雪郷のくぐもった声が聞こえた。

「でももう大丈夫なんだ。俺——あれ見て、わかったから」

なんのこと？　と戸惑ったが、そう訊く前にタクシーが止まってドアが開いた。

「とにかく帰ろう」

雪郷が名残惜《なごりお》しそうに蒼を離した。

気恥ずかしかったが、タクシーの運転手はさすがにプロで、後部座席に乗り込むと涼しい顔で行先を訊いてきた。

「雪郷、なにがわかったの？」

車が動き出して、蒼はやっと少し落ち着いた。小声で訊くと、雪郷がジャージのポケットからスマホを出して操作した。

「これ」

差し出されたスマホの画面をのぞき込み、蒼は首を傾《かし》げた。

「――晃一のＳＮＳ？」

「うん」

レストランの写真に「旧友と」という一文が添えられていた。さっきのワインバーだ。いつの間に、と驚いたが、前に見たときはきちんと加工した写真と整った文章の投稿ばかりだったのに、これは短文系ＳＮＳのようなそっけなさで、蒼の目を盗んで急いで投稿したというのが見て取れた。

「――あ」

よく見ると、他の客が映り込まないように配慮しながら店内のインテリアを撮っているが、壁に飾られたクラシカルな鏡には人が映っている。スマホを手にして写真を撮っている荻野と、その「旧友」だ。

「蒼ちゃんと荻野さんだってすぐわかって、店の名前ハッシュタグついてるから前に蒼ちゃんと行ったお店だってそれもわかって、でも俺、その写真見て、わかったんだ――蒼ちゃんは本当に荻野さんと別れたんだって」

そうだったのか、と話を聞いていて、最後の言葉に蒼は「え?」ともう一度画面に目を落とした。

鏡の中に映っている自分は、普通に荻野のほうを向いて、グラスに口をつけようとしている。

「なんでこれでわかるの?」

「…うまく説明できないんだけど」

雪郷はすこし言いよどんだ。

「この蒼ちゃんに劇伴《げきばん》つけるとしたら、俺、こういうのつけると思った」

雪郷が指をスライドさせ、何度か画面をタップすると、小さく音楽が流れた。

「——雪郷が作った曲?」

「うん。サウンドストック」

繰り返すピアノのメロディに耳を傾け、蒼は「ああ」と思わず笑ってしまった。

軽快で単調なピアノの繰り返しに、ところどころで不満そうな、めんどくさそうな効果音が挟まる。

「ああ、なるほど。すごい」

しつこく「俺たちは相性がいい」と言われてうんざりしていた気分が再現されている。

「当たってる?」

「うん、当たってる。すごい。さすが…っていうか、だけどなんでこの写真だけでわかるの？」

「職業病と、蒼ちゃんのことずっと観察してたからかな」

雪郷がスマホから目を上げて面映《おもは》ゆそうに蒼と視線を合わせた。

「俺、ずっと蒼ちゃんのこと好きで、いつも蒼ちゃんのこと見てたのに、つき合えるようになってからは嬉しすぎて、余裕なくて、ちゃんと蒼ちゃんのこと見てなかったのかもしれない」

素朴な告白に、蒼は胸がいっぱいになった。

「もう大丈夫。だから本当に腹が立ったらちゃんと怒るよ。たぶんそんなことないと思うけど」

眼鏡の向こうで雪郷の瞳が優しく和《なご》んだ。

「蒼ちゃんにごめんねって言われたら、俺どうしても怒れないよ」

「ねえ、じゃあ今の俺に劇伴つけるとしたら、どんな感じ？」

思いついて言うと、雪郷は虚《きょ》を突かれたように瞬《まばた》きをした。

車の窓から明るいネオンが流れていく。雪郷はしばらく蒼の顔を見つめた。

「――合ってる？」

ためらうようにスマホを操作して、雪郷が訊いた。

「うん」

甘い、でもどこか情熱を秘めた弦楽器の曲だ。

べたべたのラブシーンで流れそうな――なんの迷いもためらいもなく、高揚《こうよう》していく恋心。

これはきっと雪郷の今の気持ちでもある。

「合ってるよ。――すごく合ってる」

9

玄関に鍵をかけ、どちらからともなく寝室に向かった。

「お帰り、蒼《そう》ちゃん」

寝室に入りながら、雪郷《ゆきさと》が言った。

「ただいま!」

お帰り、と言ってくれたのが嬉しくて、蒼は勢いよく飛びついた。

そのまま二人でベッドに倒れ込む。

「あのさ、雪郷」

キスしながら服を脱いだり脱がせたりして、蒼は気になっていたことを訊いた。

「こういうことするとき、晃一《こういち》のこと思い出して…雪郷は嫌な気分になったりする?」

眼鏡を取っていた雪郷がえ? と蒼のほうを見た。

「前の部署の人が、そんな話してたんだよね。前の男のこと知ってるとなんか微妙、みたいなこと」

口にしてみると、なぜあんなに逡巡していたのか、自分が不思議だった。荻野《おぎの》とちゃんと別れないまま雪郷と寝たのが後ろめたくて、気まずくなるのが怖くて、言い出せなかった。今は言える。もう心の全部を打ち明けられる。

「ああ…」

雪郷が気まずそうな表情を浮かべた。

「それ、どっちかっていうと、俺のほうだよ」

「って?」

「蒼ちゃんに、荻野さんと比べられてそうで…あんなめちゃくちゃ経験値高そうなかっこいい人が彼氏だったんだ、って思ったら、自信なくなる」

今日はいつになく率直だ。自分も、雪郷も。

心を開いたから、雪郷も心の中を見せてくれる。

もう大丈夫だ、と嬉しくなって、蒼は雪郷のほうに手を伸ばした。

「雪郷」

素肌が触れ合う感触と、雪郷の重量感のある身体にのしかかられる感覚に、蒼はあっという間に火がついた。

「俺は雪郷がいい」

「うん」

抱きしめ合って、キスを交わすと、心が満たされ、そのぶん身体が騒ぎ出す。こっちも満たしてほしい。満たしたい。

寝室のドアが半分開いていて、そこから廊下の明かりが入ってきていた。センサーが切れ、ふっと暗くなり、同時に蒼の中のスイッチが入った。

「雪郷」

今まではなんとなく恥ずかしくて、自分から積極的に動けなかった。

「俺、もう猫かぶるのやめるけど、いいよね」

「え？」

蒼は雪郷にゆっくりかぶさった。

「猫？　かぶってたの？　蒼ちゃんが？」

「雪郷に幻滅《げんめつ》されそうで、大人しくなっちゃってたけど、俺、本当はけっこうやらしいんだ」

握り込むと、もう固くなっていたものがさらに力を増した。

蒼がうながすと、雪郷は一瞬ためらったが、すぐ仰向《あおむ》けになった。起き上がり、かがみこむ。蒼はフェラチオが好きだ。ものすごくいやらしい気分になるし、興奮がダイレクトに伝わってくる。

「蒼ちゃん……？」

今までもたまにしていたが、どうしても遠慮があった。先端に唇をつけてぬるぬると動かすと、雪郷が息を呑むのがわかった。

唇の裏側を使って繊細《せんさい》に刺激し、十分昂《たかぶ》ってきたタイミングで舌先を出した。

「う…ぁ、蒼ちゃん、…だめだ、それ」

びっくりしたように言われて、蒼はくすっと笑った。それがまた刺激になったらしく、雪郷が慌てたように身じろいだ。

「出してもいいよ?」

「や、ちょ、ちょっと待って…」

「させてよ」

焦《あせ》って起き上がろうとした雪郷に、蒼はすっかり遠慮を捨てた。

「フェラ好きなんだ。舐《な》めてるとすごい興奮する」

でもやっぱりちょっと恥ずかしくて、声が小さくなる。

「そうなの?」

「なんか恥ずかしくてできなかったんだけど。雪郷は? されるの好き?」

「それは…好き、だけど…えっ…」

蒼が親指の腹で裏側を撫でると、不意打ちだったらしく、雪郷が呼吸を乱した。

「幻滅する?」

心配になって聞くと、雪郷はぶんぶん首を振った。

「う、嬉しい…って言うか、びっくりしたけど、それは、そんなの嫌なわけない」

よかった、と蒼はほっとした。同時に気分が盛り上がる。

「雪郷の好きなやりかた教えて」

今の蒼のテクニックは、ぜんぶ荻野の好きだったやりかただ。

「これからは雪郷としかしないから、雪郷の好きなの覚えたい」

雪郷が手を差し伸べてきた。頬に優しく触れてきた指に、蒼は口づけた。雪郷と目が合って、二人きりだ、となぜか急に思った。ここには自分と彼しかいない。

「蒼ちゃん」

「ん？」

「蒼ちゃんがしたいようにして」

廊下からの明かりは消えたが、ウィンドルーバーが開いたままになっていて、外からのぼんやりした明かりで、目が慣れるとかなり視界が効く。

「——うん」

そうしたい、という欲求のまま大きく口を開いた。奥まで呑み込み、唇に圧をかける。

やっぱり雪郷のは凄《すご》いな…と蒼はその容量に興奮した。

「蒼ちゃん……、俺、マジでだめかも」

雪郷の焦った声が可愛くて、蒼は一度口を離した。顔をあげて雪郷のほうを見た。

「雪郷、大好き」

「うわぁ」

溢れる気持ちが言葉になってこぼれると、半身を起こしていた雪郷が片手で顔を覆《おお》った。

「それだめだよ、蒼ちゃん」

「え？」

「蒼ちゃんが、そんな……」

雪郷がいきなり起き上がった。

「可愛すぎる。俺も好きだ。本当に好き」

「えっ？」

あっという間に仰向けにされてのしかかられ、今度は蒼がびっくりした。

「ま、待って」

「待てない」

もう無理、と言いながら足を広げさせ、雪郷ががっつくように顔を突っ込んできた。

「う、嘘……っ、あ、あ……ッ」

しゃぶりつくような激しいフェラに、驚く前に声をあげさせられた。

「あぁ……っ、雪郷、や、嫌……だって、もう……っ」

出していいよ、と余裕で言っていたはずなのに、舐められ、吸いつかれて、あっという間に追い詰められた。

「だめ、だって…もう、雪郷……っ」

指が奥に潜《もぐ》り込み、不意打ちの前後の刺激に、蒼はのけぞった。

「あ、ああっ」

我慢する間もなく射精してしまい、それでも濃厚な愛撫は止まらない。

「はあ、っ……、あ……、あ、ああ…」

快感の余韻が残っている身体には刺激が強すぎて辛《つら》い。

「蒼ちゃん…」

舌が奥に入ってきて、蒼はぎゅっと目を閉じた。こめかみを涙が伝った。

はあ、はあ、という息が別の欲望につながっていく。侵入してくる舌に、腰から背中がぞくっと震えた。

焦《じ》らすような動きから、徐々にこじあけるような動きになって、蒼は痺《しび》れる感覚に身悶《みもだ》えた。

「ゆき、……雪郷、…う、あ……」

勝手に足が開いて、腰が浮く。

「あ、あ…ぁ…っ」

もっと奥まで、もっと大きなものでえぐられたい。

「も、入れて、……っ」

切れ切れに訴えると、雪郷が無言で起き上がった。息遣いに激しい興奮が滲《にじ》んでいる。

「それ、貸して」

ジェルとコンドームを出している雪郷に手を出して、銀のパッケージを受け取った。

薄いゴムを丁寧に巻き下ろしていくと、雪郷は手のひらにジェルを出した。

「雪郷」

「うん？」

「大好き」

「――うん」

俺も、と言いながら雪郷が押し倒してくる。ジェルで濡れた手のひらが蒼の足の奥を探った。

「痛くないよね？」

「大丈夫」

自分の中に入ってくる雪郷の表情を見ていたくて、蒼は逞《たくま》しい肩にすがった。

「蒼ちゃん」

目が合うと、雪郷がわずかに微笑んだ。

「――あ」

どちらからともなく口づけ、でもすぐ中に入ってくる甘美《かんび》な感覚に引きずられた。

好きな人の身体が、自分の中に入ってくる。

喜びでいっぱいになって、蒼は陶然《とうぜん》とした。

「雪郷……」

かすかに眉を寄せた顔が色っぽい。慎重に奥に入ってくる雪郷はいつもより大きく感じた。

「――蒼ちゃん……」

いっぱいに満たされ、息が苦しい。それでもキスがしたくて目で訴えると、雪郷がかがみこむようにして口づけてくれた。

「あ…ん、う……」

雪郷が体勢を整え、ゆっくりと動きだした。試すような律動が、徐々に快感を伴《ともな》って強くなる。

「う、…っ、はあ、あ……っ、はあ、はっ……」

奥まで突かれるのが気持ちよくて、自分でもリズムに乗った。

息遣いが激しくなり、だんだんわけがわからなくなる。気持ちいい、好き、以外なにもない。

「蒼、蒼ちゃん……」

限界が見えてきて、蒼は足を雪郷の腰に絡《から》めた。両手で恋人の肩にすがる。

「もう、だめ…、いきそう……っ」

一緒に、と訴えると、雪郷がスピードを落とした。言わなくてもタイミングはわかる。

頂点にくる瞬間、雪郷も息を止めた。

「──は……っ」

ぴんと張った快感の糸が、一瞬で切れる。

最高に気持ちよくて、意識が飛びかけた。

音が聴こえなくなって、あれ、と思ったらどさっと雪郷が落ちてきた。はあはあという激しい呼吸が、自分のものなのか、雪郷のものなのか、わからない。

「蒼ちゃん……ごめん」

雪郷が何とか身体をずらそうとしたが、蒼は引き留めた。重いのがいい。雪郷がいい。

「ふふ」

雪郷が諦めたように蒼の上で脱力した。完全にエネルギー切れだ。蒼も動けない。目を見あわせて、息を切らしながらただ笑った。

「蒼ちゃん」

なんとかキスはできる。

何回も何回もキスをして、いつの間にか一緒に眠った。

10

「へー、蒼《そう》が写真撮るとか、珍しい」

テーブルに皿が揃ったタイミングで一眼レフを取り出した蒼に、嶋田《しまだ》が目を丸くした。

「ごめんな、お預け食わせて。でもこれ、あとでSNSにアップしなきゃだから」

「は？　SNS？　蒼が？」

「私が頼みました」

素《す》っ頓狂《とんきょう》な声をあげた嶋田に、横にいた奥村《おくむら》が慎重に皿の位置を調整しながら淡々と説明した。

「今までプライベートは一切発信してこなかったのですが、こうした日常の切り取りもこれからは積極的に行《おこな》っていこうということになりまして」

「ああ、雪郷《ゆきさと》の。…ははあ」

嶋田がふと何かに思い当たったように口元を緩《ゆる》めた。

「なるほど」

今度は俺が撮るよ、と雪郷がカメラを構えた。

雪郷の仕事もひと段落し、家もようやくぜんぶ片づいたので、奥村が仕事の打ち合わせに来るのに合わせて嶋田も呼んで食事をしよう、ということになった。

荻野と最後に会った夜からまだ十日ほどしか経っていないが、その間に蒼の気持ちはすっかり落ち着いた。

相変わらず雪郷が好きすぎてついついいろんな遠慮をしてしまうが、いつもどこかにあった焦りのようなものはなくなった。

一緒に暮らしていれば衝突することもあるだろうし、もしかしたら倦怠《けんたい》を覚えるようにもなるかもしれない。それでも雪郷となら、ひとつひとつを乗り越えていける。

まだ口喧嘩すらしたことがなくて、蒼は「雪郷と喧嘩したらどんな感じかな？」と一人で想像してはわくわくしていた。

喧嘩のあとは仲直り。そうして前より絆《きずな》は深くなる。

「それにしても、今回はまた本格的ですね」

奥村が撮影しやすいように皿の角度を調整した。

「また腕をあげたんじゃないですか？」

「今日は蒼ちゃんが手伝ってくれたから」

最近になって存在を知った近所のスーパーは高級食材しか扱っていないが、人を招《よ》ぶときにはかえって便利だ。二人で買い出しに出かけ、午後いっぱいをかけて雪郷があれこれ作り、蒼もその手伝いをした。栗の鬼皮《おにかわ》を剥《む》いたり、鮭《さけ》の下拵《したごしら》えをしたり、雪郷に教えてもらいながら二人で作業するのは楽しかった。

「これ、本当にぜんぶ手づくり？　えっ、マジで？」

初めて雪郷の料理の腕を知った嶋田はしきりに「すげえな」を連発し、蒼は「だろ？」と自慢した。

「蒼ちゃん、そこ座って」

雪郷がカメラを調整しながら促《うなが》した。

「え、でも座ったら、俺、写真に入っちゃわない？」

「手だけね。人の気配あるほうがいいし」

そう？　と言われるままテーブルにつくと、嶋田がにやにやし出した。

「なに？」

「いやいや。友達が雪郷のSNS見てるらしくてさ、最近ムカつく写真多いなってぼやいてたんだよ。なるほどねー」

「嶋田の友達？　アニメ好きなの？」

「アニメじゃなくて、雪郷のファンなんじゃね？」

嶋田がさらににやにやする。

「なんでムカつくんだろ。えっ、それまずいんじゃない？」

何か気に障《さわ》るような写真でもアップしたのかな？　と慌てたが、雪郷は素知らぬ顔で「蒼ちゃん、もうちょっとテーブルに寄りかかるみたいにして」と注文をつけてきた。

「大丈夫ですよ、嶋田さんのお友達がムカつくのは織り込み済みです」

奥村がいつものクールな調子で言った。

「おかげで堤《つつみ》君がSNSに積極的になってくれて、私としては大助かりです」

「え？　そうなんですか……？」

　自分にはわからない業界内の何かがあるのか？　と蒼は首をかしげた。その間にも雪郷がシャッターを切る。

「お待たせしてすみませんでした。それじゃ食べましょう」

　雪郷がカメラを置いた。

「それでは」

「乾杯」

　かちんと四つのグラスが音を立て、蒼は「まあいいか」と小さなことは脇に置き、幸せな気持ちでいそいそ箸《はし》を取った。

STOP!

1

それじゃまた改めて打ち合わせに伺いますので、と奥村《おくむら》が薄手のコートを手に取った。蒼《そう》の友人の嶋田《しまだ》のほうは、もう玄関に向かいながら「ほんじゃな」とほろ酔いで手を振っている。

「今回新人さんが多いので、念のためにサンプルボイスだけあとで聴いておいてください」

玄関で靴を履《は》きながら念押しする奥村は、雪郷《ゆきさと》同様、アルコール耐性《たいせい》が高い。

「わかりました」

「では、失礼します」

打ち合わせもかねて食事会をしよう、ということで二人を招《よ》んだが、結局楽しく飲み食いしているうちに時間が経《た》ってしまった。

「気をつけて」

「おやすみなさい」

蒼と二人で見送りをして、中に入ると雪郷はさっそくデジタルカメラのデータチェックをした。食事の前にいろんな角度から撮影した料理の写真だ。

「うまく撮れてる？」

蒼が横から液晶モニターをのぞきこんできた。嶋田ほどではないが、蒼も酒はそんなに強くない。それほど飲んでいないはずだが、ほんのり頬が上気し、目元が甘くなっている。

「蒼ちゃん、これとこれ、アップしてもいい？」

蒼のわずかな変化に気を取られつつ、雪郷はモニターを蒼のほうに向けた。

「いいよー、もちろん」

ろくに確認もせず、蒼は「いいカメラだと綺麗に映るねえ」と感心している。

「センタークロス買ってよかったね。この酒器《しゅき》とすごく合ってるし」

蒼はしきりにテーブルセッティングに注目しているが、雪郷にとって料理の映りは二の次だった。

見る人が見れば蒼だと一発でわかる手や肘《ひじ》の映り込んだ写真だけをピックアップしてスマホに飛ばし、さらにそれを奥村に送った。画像データだけ送っておけば、あとから奥村がチェックして適当な文言《もんごん》つきでSNSを更新してくれる。

自分がそうしているのと同じように、荻野《おぎの》のほうでもこっちの公式SNSを見ているはずだと踏んでいたが、やはりそうだった。嶋田の「ムカつく写真多いってぼやいてた」という発言を思い出し、雪郷は心の中で「よし」とうなずいた。

荻野に誘い出された蒼を迎えに行き、改めて気持ちを確かめ合って十日ほどが経った。たったそれだけの間で、雪郷はこんな策《さく》を巡らすようになっていた。しかもあの荻野相手に「絶対引かない」という強い決意で対抗しようとしている。以前なら考えられない強気な態度だ。

「楽しかったね」

それもこれも雪郷の思惑などまったく気づかず、屈託《くったく》のない笑顔でくっついてくる恋人のおかげだ。

ただし、こんなふうに荻野を気にしてライバル視していることは、蒼には内緒だ。

もう完全に別れたのだから、荻野は自分たちに関係ない。

蒼の中ではそんなふうに決着がついているようだし、雪郷もそうありたいとは思っている。が、人間そう単純に割り切れない。

気になるものは気になる。

だからこそ、雪郷は日々「蒼ちゃんにふさわしい自分」になるべく努力を怠《おこた》らず、かつSNSごしにせっせと荻野を牽制《けんせい》していた。独り相撲《ずもう》かもしれないと思っていたが、嶋田情報によればそうでもなかった。

「雪郷。えっと」

そんな雪郷の思惑をよそに、蒼が急に口ごもった。それが色っぽい方向に行こうとするときのサインだと、もう雪郷は知っている。

「蒼ちゃん…」

「ん？」

仮にも年上の、ちゃんとした会社に勤める社会人男性に「可愛い」は失礼だろうと口にするのは我慢したが、照れている蒼は猫のように目が細くなって、たまらなく可愛い。

「ふふ」

まぶたや耳にキスすると、くすぐったそうに首をすくめ、嬉しそうにキスを返してくれる。

少し前まで遠くから眺めているだけだった憧《あこが》れの人が、恋人になってくれた。

俺が好きなのは雪郷だよ、と言ってくれた。

——いいよ、最後なんだし。

あのときの荻野の顔が脳裏《のうり》によみがえる。

——二人きりで会うのはこれが最後なんだろ？

まだどこかで蒼が躊躇《ためら》うのではないかと期待していたはずだ。でも蒼は拍子《ひょうし》抜《ぬ》けするほど軽く「さよなら」と荻野に別れを告げた。

——これで最後。さよなら。

蒼ちゃんは俺を選んでくれた。

性懲《しょうこ》りもなく嬉しさを噛み締めて、雪郷は蒼を抱き寄せた。


友達にＤＪごっこできるクラブがあるから行かない？　と誘われたのは、劇伴《げきばん》の仕事が軌道《きどう》に乗って、家にこもって作業する生活に少々息苦しさを覚え始めた時期だった。

ゲイバーだけど上品な店だよ、と聞いていたとおり、ＡＬＴＯは夜の相手探しにぎらぎらしているような客のいない店で、ＤＪブースの機材も充実していたのですっかり気に入り、週に一度は息抜きに出かけるようになった。

「君、音楽関係のひと？」

最初に声をかけてきたのは荻野で、「君のつなぎ、センスいいね」とビールを奢《おご》ってくれた。特に注目していたわけではないが、常連の中でもひときわ目立つグループで、荻野はそのリーダー格だった。

「よかったら向こうで一緒に飲まない？」

ひと昔前ならＶＩＰ席と呼ばれていたはずの一角は、ダンスエリアが見下ろせる位置にある。荻野たちはいつも当然のようにそのボックスシートを陣取《じんど》っていた。

言葉を交わすまで、雪郷は蒼に対して高慢そうな美人、というイメージを持っていた。彼が荻野の恋人だというのは一目でわかったし、仲間がフロアで踊ったりダーツで遊んだりしても、蒼は滅多《めった》にボックスから出てこない。飲み物を取りに行くのですら仲間の誰かが代わりに運ぶことが多くて、いつも蒼は少し高いところで一人澄ましている印象だった。

「こんばんは」

だからその夜、彼らの席に招かれて、蒼のほうから気さくに挨拶《あいさつ》してきたことに雪郷は少し驚いた。「三原《みはら》蒼です」と丁寧な言葉遣いで自分から名乗ったことも意外だった。

「雪郷、だっけ。なに飲む？　好きなの頼んでよ」

荻野のほうは予想通りの馴れ馴れしさで距離を詰めてくるが、不思議に嫌な気はしなかった。人を値踏みするようなところがなかったからかもしれない。

「へー、劇伴やってるの。配信サイト持ってるんだ。見せて見せて」

好奇心いっぱいな様子も好感が持てて、促《うなが》されるままスマホで趣味でやっている音楽配信サイトを見せた。

「いいねえ。ほら、蒼」

「俺、音楽とかぜんぜんわからないんだ。ごめんね」

荻野にスマホを手渡された蒼は、素直にヘッドフォンを耳に当てたが、本当に申し訳なさそうに首をかしげていて、高飛車な女王キャラだと思い込んでいた雪郷はすっかり拍子抜けしてしまった。

クラブで会うたびに荻野に声をかけられるようになり、自然に蒼とも話すようになった。よく知り合ってみると、蒼は外見の印象とはまったく違うおっとりした人柄で、そこにいるだけで周囲を和《なご》ませる癒《いや》し系だった。エネルギッシュで陽気な荻野の周りに人が集まるのは当然だが、その横に蒼がいることでさらに人が寄ってくる。

一人でつんと澄ましている印象だったのも、「俺、ダーツとかビリヤードとか下手くそだし、踊るのもあんまり好きじゃないからここでのんびりしてるほうがいいんだよね」ということで、荻野には「蒼はものぐさなんだよ」と雑にまとめられていた。

「出無精だからほっといたらずっと家でだらだらしてるし」

「家にいたって別にいいだろ」

「俺が連れ出さないと黴《かび》が生える」

「まあ出無精なのは否定しないけど」

馴染んだやりとりに、学生時代からのつき合いだと聞いて納得した。

雪郷は高校時代に短期間つき合ったことがあるだけで、そのあとは面倒が先にたって決まった相手はつくらなかった。でも蒼と荻野を見ていると素直にいいなと思える。

自分も誰かとあんな関係を築けたら、と考え始めた矢先、荻野が遊び人のバイセクシャルだということを知った。「女の子は別腹でしょ」というのが荻野の言い分で、蒼もそれを許容していると聞いて、雪郷は裏切られた気分でショックを受けた。

「荻野さんは博愛主義者なんだってよ」

雪郷が憮然《ぶぜん》としているのに気づいて友達がとりなすように言った。

「博愛主義ってなんだよ。意味違うだろ」

「って、なんで雪郷が怒ってんの。関係なくない？」

「別に、怒ってない」

関係なくない？　と言われて凹《へこ》んだのは、蒼のことが気になっていたからだ。

いつの間にか、クラブで蒼を見つけると彼を目で追うのが癖になっていた。蒼はかなりの美形だし、何とも言えない色気があるが、雪郷はそれより蒼のおっとりした笑いかたや、ときどきずれた受け答えをするのが可愛くて好きだった。

もちろん彼には荻野がいるのだし、自分なんかを相手にするはずがないことはよくわかっている。彼にとっての雪郷は、クラブでよく顔を合わせるその他大勢の一人に過ぎないだろう。でもそれでよかった。洒脱《しゃだつ》で陽気な荻野の隣でのんびり笑っている蒼を見ているのが好きだった。

本当にあの人は恋人の浮気を許容しているんだろうか？

友達は「お互いさまだから遊びをいちいち咎《とが》めないんだろ」と思っているようだったが、雪郷にはそうは思えなかった。

見た目の華やかさで誤解されがちだが、蒼はむしろ地味な人だ。いつも見ているから知っている。露悪的《ろあくてき》な言動をよしとしがちなクラブの中では珍しいほど常識的だし、羽目を外すこともあまりない。ＡＬＴＯは健全なゲイの社交場だが、その夜の相手を探すくらいは普通にある。でも蒼は声をかけられると困った顔で不器用に断っていて、そんな人が恋人公認で遊びの関係を楽しんでいるとはとても思えなかった。

逆に荻野のほうはちょくちょく「別腹」以外にもつまみ食いをしているらしいと耳に入ってくる。

大人同士、合意でそのとき限りの関係を持つことは特に悪いとは思わない。雪郷自身も欲求に従うことはある。ただ、パートナーがいるのに「女の子は別腹」と公言したり、ろくに隠しもせず浮気をするのはあまりにも不誠実だし、何より蒼に失礼だ。

「どこか行こうよ」と蒼が誘いをかけてきた夜、雪郷は自分の推測が当たっていたことを確信した。

蒼はまったく誘い慣れてなどいなかったし、荻野の浮気に傷ついていた。他にもいろいろ重なって自棄《やけ》になっているのが手に取るようにわかり、この人とこんな形で関係を持つのは嫌だと思ったが、今にも泣き出しそうな蒼を放っておけるわけがなかった。

ベッドで、蒼はひどく緊張していた。

こんなこと望んでいないはずなのに、と思うと心が痛くて、雪郷はひたすら蒼を労《いた》わることだけを考えた。ひそかに妄想していた蒼の身体は、想像していた以上の抱き心地だったが、興奮するよりもなんとしてでも慰めたくて、雪郷は細心《さいしん》の注意を払って思いを遂《と》げた。

「つき合わせちゃって、ごめんね」

別れ際、蒼に謝られて、雪郷はほんの少し傷ついた。

「俺はずっと三原さんのことが好きだったから。嬉しかったたし、三原さんはなにも気にしないでください」

遊びで抱いたとは思われたくなくて、負担になるかもしれないと承知の上で打ち明けた。蒼はずいぶん驚いているようだった。

気にしないでください、と言ったけれど、本当は気にしてほしかった。

蒼を傷つける荻野と別れてほしかったし、彼にふさわしい人が現れるまでの間でいいから自分に守らせてほしかった。

荻野に対して、男として憧れる部分はあった。周囲を巻き込むエネルギーやこの人についていきたい、と思わせる生まれつきのパワーがある。でも蒼をないがしろにすることだけは許せなかった。

自分が荻野の代わりになれるとは思わない。でも、一時避難の場所くらいにはなれるはずだ。次の人のところに行くまで、自分のそばで安心して休んでほしい。引き留めたり負担をかけたりは絶対にしないから――そう思っていたはずなのに、いざ蒼が恋人になってくれたら欲が出た。

蒼を大事にしない荻野はもちろん、他の誰にも渡したくない。

自分に自信が持てなくて、でも蒼を取り上げられたくなくて、あんなに必死になったのは生まれて初めてだった。

もう会わない、と約束してくれたのに、二人きりで飲んでいるのを荻野のＳＮＳで知ったときは、完全に頭に血が上った。

蒼が望むのならいつでも身を引くつもりでいたはずなのに、本当の自分はそんな善人ではなかった。

絶対嫌だ。

今すぐ取り返す。

荻野が仕事で使っているSNSは、見ても仕方がないと思いながらも気になって、定期的にチェックしていた。日本に帰ってくると知ったのもSNSだ。知らなければ平穏なのに、蒼に近寄るんじゃないかと不安でつい確認してしまう。

旧友と、とたった一文だけ添えられた荻野の写真。

目にした瞬間かっとなって、雪郷は無我夢中で家を飛び出した。

タグがついていたこともあって場所はすぐわかったし、どういうつもりで荻野がそんな写真を投稿したのかもわかっていた。が、タクシーの中で画像を見ているうちに、蒼は決して荻野とよりを戻すつもりでついて行ったわけではないと気がついた。

いつもはきれいに加工されているのに、投稿された写真はいかにも急いで撮ったもので、蒼は店内の鏡に横顔で映り込んでいる。蒼には内緒で隠し撮りしたものだ。

雪郷は画像を指でスライドさせ、もう一度よく蒼の横顔を観察した。

雪郷はアニメーションの仕事で、キャラクターの内面や次の展開の予兆《よちょう》を表す短い楽曲制作をする。

蒼の表情に、頭の中で短調のハーモニーが浮かんだ。うんざり、退屈、とネガティブなワードが並び、メロディラインが組み立てられていく。

確かに長いつき合いで培《つちか》った気安さもある。でも、蒼は「帰りたい」と思っている。雪郷のところに帰りたい、と思ってくれている。

そう気づくと嘘のように焦《あせ》りが消えて、雪郷はただ約束通り蒼を迎えに行った。

ワインバーで、荻野はこれ見よがしにテーブルの上で蒼の手を握っていたが、雪郷はさして動揺しなかった。

信じていたとおり、蒼はなんの迷いもなく荻野に別れを告げてくれた。

「これで最後。さよなら」

蒼は気づいていなかったが、別れ際、荻野は雪郷に向かってにやっと笑った。

まあうまくやってくれよ、くらいの意味だったのかもしれない。でも雪郷は違うほうに解釈した。

油断したらまたかっさらうから気をつけろよ――。

もちろん油断なんかしない。

雪郷はずっと荻野に対して闘志を燃やし続けている。

「雪郷、ねえ、お風呂入らない？」

デジタルカメラをケースにしまっていると、蒼が妙に思い切った様子で訊いてきた。

「蒼ちゃん先に入ってきていいよ。俺、ここ片づけるから」

蒼は風呂好きで、いつも浴槽《よくそう》にたっぷりと湯を張る。雪郷はシャワー派なので浴室はなんでもよかったが、このマンションを買ったとき、蒼が「お風呂広いね」と喜んでくれたので満足だった。引っ越し前にミストもつけて、簡単なサウナとしても使えるようにしておいた。

「そうじゃなくて、一緒に」

「えっ？」

「だめ？」

蒼が目元を赤くしていて、雪郷はとっさに目を逸《そ》らした。いきなりの誘いに頭が混乱した。

風呂？　一緒に？　蒼ちゃんと？

「だ、だめなことは、ない、けど」

恋人同士が一緒に風呂に入るのは、珍しくもなんともない。頭ではそう理解していても、勝手に耳が熱くなった。一緒に風呂に入って、どういうふうに振る舞ったらいいのか。見当もつかない。

「嫌だった？」

「それはない」

蒼に心配そうに訊かれて、慌てて首を振った。嫌なわけはない。

「でもほら、蒼ちゃん明日も会社でしょ?」

蒼は毎日決まった時間に出勤する勤勉な会社員だ。少しでもゆっくり疲れを癒してほしい。

「その、心の準備もできてないのに一緒に風呂入ったりしたら、いろいろ、自制できる気がしないっていうか」

「心の準備」

蒼が目を丸くした。

「そう、心の準備」

緊張したあげく、変な方向に盛り上がってしまいかねない。

「別に、そんなのいらないのに」

説明すると、蒼がおかしそうに笑った。

「やっ、でも本当に」

「じゃあ今度、雪郷の心の準備ができたらにしようか」

雪郷があまりに動揺しているので、蒼も気恥ずかしくなったらしい。若干《じゃっかん》目を泳がせている。

「それじゃ、今日は先に入るね」

「うん」

ひとまず延期になってほっとしたが、ちょっともったいなかった気もする。

蒼とは、言いたいことはちゃんと言おう、と約束し合った。

喧嘩しても仲直りすればいいんだし、だから遠慮するのはやめよう、――とそのとき蒼は言ったけれど、自分が蒼に対して腹を立てることがあるのか、雪郷には想像もできない。

ただし、蒼のほうは確かに以前より率直になった。

俺、本当はけっこうやらしいんだ――と恥ずかしそうに告白されたときは息が止まりそうになった。

――雪郷の好きなやりかた教えて。

――これからは雪郷としかしないから。

「いやいやいやいや」

思い出すとつい変な声が洩れて、「なに?」と行きかけていた蒼が振り返った。

「あ、えっと新しいシャンプー置いてるから使って」

「ああ、ありがとう」

風呂好きなわりに、蒼はソープ類にはさして興味がない。雪郷も同様で、シャンプーなどはドラッグストアで適当なものを買っていたが、同居してからは蒼のためにさりげなく彼に似合いそうな香りのラインを揃《そろ》える、という楽しみを発見していた。

蒼は万事《ばんじ》にこだわりがないので、雪郷が「これどう?」と差し出すものはたいてい「いいね」と受け取ってくれる。

自分の選んだ香りをまとっている恋人というのは最高だ。今後は入浴剤やバスオイルといったものも導入したいし、バスローブを着たところも見てみたい。

雪郷の夢は広がる一方だった。

それにしても、一緒に風呂――に入っていたのだろうか、荻野と。

そうなんだろう。むしろ荻野なら図々《ずうずう》しく蒼が風呂に入っているところに乱入していきそうだ――とそこまで考えて、雪郷はぶるっと頭を振った。恋人の過去に嫉妬するのはどう考えても不毛《ふもう》だ。

浴室から小さく水音が聞こえ始めた。

雪郷はテーブルを拭《ふ》いていた手を止め、そっと寝室に入った。

間にナイトテーブルを挟むホテルのツイン仕様だったベッドは、少し前に二台をくっつけた。どれだけ好きなように暴れても余裕の広さだ。

湯上がりの蒼を思い浮かべながらコンフォーターや枕を整え、ナイトテーブルの抽斗《ひきだし》をあけた。愛を交わすのに必要なものが必要な分揃っているか確認する。

「よし」

蒼の「しよ?」という小声の誘いに、ようやく少しだけ慣れてきた。

勝手に蒼のことを淡泊だと思い込んでいたが、それは雪郷が大事にしすぎていたせいだった。

蒼の気分と体調と翌日の都合を勘案《かんあん》し、その上でおそるおそるお伺いをたてていたが、いらぬ気遣いだったらしい。

「本当はしたくても、雪郷が気を遣ってくれてるってわかったら、なんか言い出しにくくて――俺、けっこうやらしいんだよ」

幻滅《げんめつ》しない？　と顔を赤くして訊かれて、雪郷は思い切り首を横に振った。

「ないよ、そんなの」

「それに、前の彼氏がちらついて集中できないとか、微妙な気持ちになるって聞いたこともあって、不安だったし」

「それ言うんだったら、俺のほうこそあんな経験値高そうな人と比べられたら不利だって不安だったよ」

雪郷の本音だ。

そのとき蒼は「俺は雪郷がいい」と言ってくれた。「雪郷、すごくえっち上手いよ」とも。

「雪郷、けっこう経験あるんだ？」

「そんなことない。普通だよ」

わざわざ話すことでもないと思ったが、蒼が気にしている様子だったので、高校時代に二つ上の人と一年ほどつき合ったことがあるだけで、あとはずっとフリーだった、と教えた。

「だから俺も、ちゃんとつき合うのは蒼ちゃんが二人目」

「そっか。一緒だね」

何回思い出しても、そのときの蒼の可愛い笑顔に雪郷も勝手に顔が笑ってしまう。

「ん」

ワークパンツのバックポケットでスマホが着信を知らせた。手に取ると、さっき送った写真が、三つある雪郷の公式SNSにアップされていた。奥村がそれぞれの媒体《ばいたい》に適切な文言をつけて流してくれている。

タイシルクのセンタークロスに作家ものの器《うつわ》が映《は》え、料理も色鮮《あざ》やかで美味《おい》しそうだ。そこに蒼の腕がさりげなく映り込んでいる。いかにも日常的で平和な空気に、よし、と満足して、雪郷はついでに荻野のアカウントを表示させた。蒼はまったく興味がないようだが、雪郷は荻野のアカウントは今でもすべて把握している。

「…ふーん…」

荻野は相変わらずアクティブな日々を送っていた。最新の投稿では新しく販売をスタートさせるフィットネスウェアの宣伝も兼ねて、自宅の庭で友人たちとワークアウトをしている。全員スレンダーで、当然のことながらスタイリッシュだ。

雪郷も運動不足解消のためにジムに通っているが、身体を作る、という意識は薄かった。

荻野の計算された身体のラインに、思わず自分の肩や腕を眺めた。雪郷はすぐ筋肉がつく体質で、スレンダーというよりマッチョ寄りだ。そこまで本気でトレーニングしているわけではないが、上半身はかなり仕上がっている。

ゲイ受けするのは圧倒的にマッチョだが、蒼の好みはスレンダー系かもしれない。

蒼ちゃんに好みの体形をさりげなく訊いてみて、返事によってはパーソナルトレーナーをつけてみよう。

勝手に荻野に張り合いながら、雪郷はナイトテーブルの抽斗を閉めた。

2

現在の雪郷《ゆきさと》の収入源は、長年趣味でやっている二つの音楽配信サイトからの広告収入と月額課金制のサウンドストックが両輪《りょうりん》で、アニメやゲームの劇伴《げきばん》・楽曲制作がその次になる。

「スケジュール進行に不安があったら都度《つど》連絡してください」

食事会をした三日後の昼下がり、雪郷はリビングのソファで奥村《おくむら》と仕事の打ち合わせをしていた。

「今回、いつもよりボリュームがありますので」

「うん、でもまあ大丈夫。今度の音楽監督、庄司《しょうじ》さんだっけ」

「そうです。今週末、スタッフの顔合わせがありますので、そのときに改めてご挨拶《あいさつ》しましょう。ギャラ含めて契約内容はこっちに記載してあります」

了解です、とろくに確認しないままファイルに書類を突っ込むと、奥村が小さく苦笑いをした。

基本、雪郷は収入にこだわりがない。楽曲制作用の機材を買う以外にこれといった使い道がないので、奥村に「私が黒い気持ちになったらどうするんです」と言われながらぜんぶ丸投げで、税理士同席で収支報告書《しゅうしほうこくしょ》を見せられるたびに、こんなにあるのか、と驚きながらすぐ忘れていた。

が、蒼《そう》が「いつか一緒に暮らせたらいいね」と口にした瞬間、それを実現させる経済力を持っていることに思い至り、かっとなった。

常々奥村には「税金対策に仕事場を作るとかするといいんですがね」と言われていたが、面倒が先にたって生返事を繰り返していた。

「蒼ちゃんが一緒に暮らしてくれるかもしれないから、いい物件あったら教えてほしい」

有能なマネージャーは理解が早く、「三原《みはら》さんの気が変わらないうちに物件を押さえましょう。三原さんのお勤め先の最寄り駅を教えてください」と返してきた。

蒼が「いつか一緒に暮らせたらいいね」と口にしたのは、半分以上ただの睦言《むつごと》だ。わかっていたが、このチャンスを逃《の》がすわけにはいかなかった。

つき合い始めて半年で、ちょっと嬉しがらせを言っただけなのに本気で物件情報を差し出されたら蒼は引くかもしれない。でも雪郷は賭《か》けに出た。参謀《さんぼう》も有能だった。奥村は「いいですか、あくまでも税金対策をメインに話をもちかけるんです。囲い込み作戦は敵の油断を誘うのが鉄則ですよ」と雪郷に知恵を授《さず》けた。

奥村の読みは当たり、少し悩んでいたものの、蒼は思ったよりもすんなりと同居話に乗ってくれた。

「三原さんとは順調のようで、なによりです」

奥村がちらりとキッチンのほうに目をやった。お揃いのマグカップが仲良くカウンターに並んでいる。

「おかげさまで」

今朝も行ってきます、と玄関先でキスしてくれた蒼を思い出し、雪郷は一人で照れた。

「蒼ちゃん、毎日早起きして会社行くから本当はもっとちゃんとした朝ごはん作ってあげたいんだけど、俺、朝が遅いからせいぜいコーヒー淹《い》れてあげるくらいしかできないんですよね。蒼ちゃんは起きなくてもいいよって言ってくれるんだけど、見送りくらいはしたいでしょ。だから頑張って起きるんだけど、逆に俺のぶんまで蒼ちゃんがサラダとか作ってくれてて、あとで食べてねって」

「で、この前お話ししたこのイベントですが、どうします」

雪郷の果てのないのろけはスルーして、奥村はいつものクールな態度で雪郷のほうにタブレットを向けた。画面にはうさぎ耳のバーチャルタレントをあしらったポップな企画案が表示されている。音響メーカー主催の動画配信者向けイベントだ。

「ああこれ、ボイスエフェクトの新機材触らせてもらえるんでしたっけ」

概要には人気クリエーターを集めて新機材のPRをするのが狙い、とある。

「主催側からは登壇《とうだん》の依頼が来ています。機材を触ってもらいながら座談会形式で感想を頂きたい、とありますから他にも何人か声をかけているんでしょう」

「トーク？」

「ですね」

最新機材を試せるのは魅力だが、しゃべりは苦手だ。

「トークか……」

「司会《モデレーター》は中塚《なかつか》さんらしいです」

奥村が指先で画面をスライドさせた。

「お友達ですよね」

登壇決定者、という注釈つきで見知った顔が出てきた。金髪にキャップの中塚湊《みなと》はゲーム実況で人気の動画配信者だ。ついでに雪郷が唯一「つき合った」相手でもある。

高校のころ、雪郷のループアニメーション動画にコメントをくれたのが縁で知り合い、一年ほどつき合っていた。似た業界で活動しているので、別れた後も顔を合わせる機会は少なくないが、揉《も》めて別れたわけでもないし、表面上は付かず離れずで仲良くしている。

「これってもしかして、湊君経由でのオファー？」

「さあ、どうでしょう。あり得ますが、なにか？」

奥村は中塚とつき合っていたことは知っている。が、しょせん高校のころの話だと捉《とら》えていて「お友達ですよね」という認識だ。

「いや、誰からきた話なのかなと思っただけ」

「で、どうします？」

こうした依頼はそのまま伝えて無理強《じ》いはしない、というのが昔からの奥村のスタンスだった。雪郷が求めない限りよけいな口出しもしてこない。

どうしようか、と雪郷はタブレットに目をやった。まだ一般公開されていないデモ機を触れるのは魅力だ。

「モデレーターが湊君なら、いいかな」

少し考えて、そう返事をした。

中塚は話を回すのが上手いし、雪郷が口下手《くちべた》なのもよく知っている。それにもうひとつ、雪郷は中塚に確認しておきたいことがあった。もし雪郷の懸念《けねん》が当たっているのならはっきり決着をつけておきたい。

「受けるんですか？」

奥村が意外そうにタブレットから顔を上げた。一応打診はしておくが、当然断るだろうと思っていたらしい。

「こういうのも、普通にできるようになりたいから」

雪郷の頭にあったのは、荻野の姿だ。

荻野はいつでもどこでも自然体で、人を惹《ひ》きつける天性の才能があった。スピーチやプレゼンも得意だろう。

「トークの仕事をですか？」

珍しく奥村が声を跳ね上げた。まさかでしょう、とでも言いたそうな顔に、苦笑して首を振った。

「そんなの考えてないですよ。ただ、大勢の前でも普通に話せるようになりたいなと思っただけで。そのほうがかっこいいじゃないですか」

「それは人の感じかた次第でしょうが、まあ私としては前向きに受けてもらえるならそのほうがありがたいです。知名度が高くなって困ることはないですからね。それじゃ登壇の件も含めて返事をして、三原さんの席も確保しておきます」

「えっ、蒼ちゃんも？」

「誘わないんですか？」

考えていなかったので驚いたが、奥村も不思議そうにタブレットを操作していた手を止めた。

「土曜の夜ですし、一緒に行くのかと」

「ああ、そうか」

業界向けの新機種案内だという意識があったが、一般客も入れる普通のイベントだ。

「でも蒼ちゃん、退屈しそうだな」

蒼は基本的に雪郷の業界に興味がない。もっと言えばいわゆるサブカルチャーやポップカルチャー全般に関心が薄かった。

「ボーカロイドとかバーチャルアイドルとか存在もわかってないと思うし」

「それはそうでしょうね」

今度は奥村も納得したように小さくうなずいた。

「三原さんは好奇心旺盛《おうせい》って感じでもないですしね」

奥村がなにげなく口にした。

それが蒼にとってちょっとしたコンプレックスになっているらしい、と気づいたのは最近のことだ。

「俺、特別得意なこともないし、これって趣味もないし、ついでに出無精だし。つまんないやつなんだよね」

蒼はときどき残念そうにそんなことを言う。確かに蒼はなにかにのめり込むタイプではないし、外見の華やかさに反して中身はとても普通だ。

でも雪郷としては蒼の普通さ、平凡さこそがたまらなく好ましかった。

そういえば、荻野はよく蒼をあちこち連れ出していた。

蒼は出無精だが、つき合いはいいほうだし、人見知りもしない。出かけてしまえばどこでもそれなりに楽しむタイプだ。

「誘ってみて、行くってことになったらお願いします」

これから蒼を連れ出すのは自分だ。

「わかりました。ああ、それじゃいい機会だから嶋田《しまだ》さんに髪をお願いしませんか」

奥村がふと思いついたように雪郷の伸びきった頭に目をやった。

「嶋田さん？　って、蒼ちゃんの友達の？」

「ええ。前にお会いしたとき、堤《つつみ》君のカットをやりたいっておっしゃってたんですよ。イベント前にお願いしたらちょうどいいじゃないですか」

「いや、でも…」

以前にもサロンのヘアモデルをしてほしいと何度か頼まれたが、たかが髪を切るのにあれこれ面倒くさい。

「三原さんと一緒に出掛けるんなら、それなりにしたほうがいいんじゃないかと思いますがね」

そんなのいいですよ、と断る前に、雪郷の弱点をよく知るマネージャーは的確にツボを突いた。

3

「ほ、いーじゃんいーじゃん」

仕上げに指先でトップを整え、鏡の中で嶋田《しまだ》が満足げにうなずいた。

「どうよ?」

「首がすーすーしますね」

キッチンのダイニングチェアに座り、雪郷《ゆきさと》は左右に首を振って自分の頭を検分《けんぶん》した。目の前に置いてあるのはいつもは玄関にある姿見だ。普段は自分で適当に切っている髪を、今日は売れっ子美容師がわざわざ自宅まで来てカットしてくれた。

「そりゃけっこう切ったから。どうせ雪郷自分でセットとかしないだろうから、洗いっぱなしで恰好《かっこう》つくように仕上げといた。いい癖があるのって便利だよな」

「わあ、雪郷すごい変わった」

終わったらしいと聞きつけて、蒼《そう》がベランダから出てきた。引っ越し祝いにもらった観葉植物の鉢《はち》を植え替えしていたので、手にグローブをはめ、雪郷の使い古しのデニムエプロンをガーデニング用につけている。

「よかろ?」

嶋田が自慢げに蒼のほうを向いた。

「うん、さすがシマ」

アップバングとか束感《たばかん》とか、雪郷にはよくわからないが、ゆるい癖を活《い》かしたスタイルが垢《あか》ぬけていることはわかる。

「蒼ちゃん寒くなかった？　俺があとやるよ」

今日は朝からよく晴れていて、十二月にしては暖かいが、日が落ちると急に冷えこむ。雪郷は眼鏡をかけて立ち上がった。

「うん、ありがとう。でももう終わったから」

「あっ、俺がするって」

蒼が鉢を運び込もうとしたので、雪郷は慌ててベランダに出た。

「重いでしょ。持つよ」

「そんな非力じゃないって」

「いいよ、貸して。蒼ちゃん、やっぱりエプロン似合うね」

「えっ、そう？　雪郷のほうが似合うよ。これもともと雪郷のだし」

話しながら仲良く鉢を運び込んでいると、嶋田の呆れかえった視線が突き刺さった。甘ったるい会話をかわしていたことに気づいて恥ずかしくなり、蒼と目を見あわせて一緒に笑った。

嶋田がやってられねえ、と首を振っている。

「ほんで？　そのイベント何時からなん？　蒼も切るんだったらあんまりゆっくりしてらんねーぞ」

「うん、ごめん。ちょっと待ってて」

蒼がばたばた手を洗いに行き、嶋田は「相変わらず仲のいいことで」と揶揄《やゆ》まじりに笑った。

「嶋田さん」

雪郷はケープを広げてカットの準備をしている嶋田に近寄った。

「蒼ちゃんあんまり派手にしないでほしいんですけど」

「ん？　ああ、会社員としての好感度キープな」

「それもですけど、嶋田さんがいろいろしたら、蒼ちゃん、キラキラするじゃないですか」

同じ髪でも、スタイリング次第でずいぶん印象が変わる。荻野に誘い出されてワインバーで飲んでいたときも、蒼は直前に嶋田にカットを頼んでいて、超絶に華やかに仕上がっていた。

「普通にしてください。普通に」

「は？　クラブ貸し切ってイベントやんだろ？　夜仕様にしないとつまんねーじゃん」

「夜仕様とかぜったいだめです！」

思わず声が大きくなって、「なになに？」と蒼が戻ってきた。

「蒼、おまえの彼氏ちっちぇーなあ」

嶋田がわざとらしく呆れた声を出した。

「自分で人目につくとこ誘っといて、蒼が目立つのは避けたいとかってマジ小さいわ」

そのとおりすぎて言い返せない。蒼が苦笑いしている。

「じゃ写真撮るなー」

蒼は整える程度だったのですぐに終わり、嶋田がスマホを出した。

今回は嶋田のサロンが急な内装工事で、どうせ暇だし、と家まで来てくれた。当然サロンと同じ額を支払うつもりだったが、健康上の理由のない訪問理容は法律で禁止されてるんだよね、と杓子定規《しゃくしじょうぎ》なことを言い出して、代わりにカットモデルとして写真を使わせることになっていた。

「あーいいねえ、いいねえ」

ひとしきり右向け、左上に視線をやれ、と指示されつつ写真を撮って、これで指名アップ間違いなしだわ、と嶋田がほくほくしている。

「これアー写みたいじゃね？　そっちにも送ったげるわ」

カット技術がよくわかるように頭部だけを撮ったのとは別に、二人で並んだところもスナップ的に撮ってくれて、スマホに送られてきた画像に雪郷は目を瞠《みは》った。

「本当だ。よく撮れてますね」

二人で顔を見あわせて笑っているところや、照れくさそうに並んでカメラに向かっているショットなど、モノクロに調整していることもあってフォトジェニックだ。

「アー写ってなに?」

蒼が素朴に質問する。

「アーティスト写真の略。仕事とるのにプロフィール送るでしょ、そのときに使ったりする写真。これ、俺もプロフィール画像に使ってもいいですか?」

雪郷は送ってもらった一枚を表示させて確認した。一応雪郷がメインだが、その隣で蒼が雪郷のほうを向いて笑っている。蒼のほうはピントがあっていないのでぼんやりと滲《にじ》んでいるが、あのとき荻野が見せつけるために隠し撮りした写真と似ていなくもない。が、これは蒼に断りもなく撮影したものではない。蒼はちゃんとカメラを意識しているし、そうしながら横にいる雪郷に向かって笑っている。いい写真だ。

「別にいいよ」

「蒼ちゃんは?」

「いいよ、もちろん」

「じゃあ、あとで奥村《おくむら》さんに見せてチェックしてもらおう」

話しながら準備をして、一緒にマンションを出た。

「雪郷」

別々のタクシーを呼んで、エントランスのところでそれぞれ乗り込む前に、嶋田がこそっと耳打ちしてきた。

「おまえね、今の見た目、完全に荻野に勝ってるから。主に俺の腕で」

蒼には内緒で荻野を意識してばかりいる雪郷に、嶋田も同情を覚えたようだ。

「だから自信持てよ、自信」

背中をばん、と叩かれて、わかりました、と笑って答えたが、それで切り替えられるのなら苦労はないのだった。

4

今回のイベント会場は、普段から業界向けの告知ライブやボーカリストオーディションなどにも使われている音響設備の整ったクラブだ。

渋滞するのでは、と心配だったが、タクシー運転手は抜け道を熟知《じゅくち》していて、マンションから十五分ほどで到着した。

大通りから一本奥に入った筋で、風俗店や連れ込みホテルの看板もちらほら見える。まだ客引きがうろうろする時間ではないが、バーのネオンはつき始めていた。

「けっこう広いんだね」

地下に下りていくと、もう一般客が出入り口の前で開場を待っていた。蒼《そう》が物珍しげにきょろきょろしている。

「蒼ちゃん、これ」

「あ、ありがと」

雪郷《ゆきさと》は事前に渡されていたＩＤカードを首にかけ、蒼にも渡した。スタッフオンリーの札のかかったドアから中に入ると、巨大な空調機の間をすりぬけて倉庫兼スタッフルームに出た。

「お、堤君《つつみ》、お疲れ」

「お久しぶりです」

「奥村《おくむら》さん、向こうにいらっしゃいますよ」

見知った顔が口々に挨拶《あいさつ》してきて、雪郷も普通に挨拶を返したが、なんとなくみんなの反応がいつもと違う。

「髪、切ったか？」

よく飲み会で一緒になるスタッフが口火を切ると、周りもいっせいに「すげー変わった」「びっくりしたぁ」と声を上げた。

「どしたん、なんかあったの」

「いや、なにもないですけど。知り合いの美容師さんに切ってもらったんです」

確かに嶋田《しまだ》の腕に雪郷も感心したが、自分ではそこまでの変化だとは思っていなかったのであまりのリアクションの大きさに驚いた。隣で蒼も目を丸くしている。

「前もよく見ると男前、って感じがかっこよかったけど、どストレートにイケメンになっちゃって」

「やばいよ堤君」

「めちゃめちゃクール」

口々に雪郷を褒《ほ》めながら、みんなちらちら蒼を気にしている。

「こっち、友達です。三原《みはら》さん」

人目にさらしたくない気持ちと、自慢したい気持ちが半々で、雪郷は蒼を紹介した。

「おじゃまします」

蒼が愛想《あいそ》よく頭をさげる。

雪郷が女子に興味がないことは周知の事実なので、「友達」の意味はみんな理解している。

「珍しいね、堤君が友達連れてくるの」

雪郷と蒼を見比べて、仲のいいスタッフが冷やかすように言った。彼氏いいじゃん、というニュアンスに雪郷は照れた。蒼は綺麗で感じがいい。誰にでも自慢できる恋人だ。雪郷はそっと隣の蒼に目をやった。

ヘアスタイリングは雪郷の要望でいつもの会社員仕様だが、今日はゆったりした首周りのニットシャツにチェックのフランネル素材のパンツを合わせていて、いつものことながら上品でよく似合っている。

「なに？」

ついじっと見てしまい、蒼が小さく首をかしげた。

「なんでもないよ」

まだ蒼を自分の恋人だと胸を張って紹介できないし、見せびらかしたりしたら誰かに盗《と》られてしまいそうで怖い。情けないが、本音だ。

でもいつかは荻野のように自分に自信を持って、堂々と蒼を連れ出せるようになるつもりだ。

「わ、びっくりした」

先に打ち合わせを済ませてしまおう、と奥の事務所のドアを開けようとしたら、ノブを摑む前に勝手にドアが内側に開いた。驚いたが、出てきた男もすぐそこに立っていた雪郷にびっくりしている。

「おーユキか。ごめん、いるって知らなかった」

「こっちこそ」

中塚《なかつか》だ。

短い金髪にピアスで、黒のロングダウンは背中一面にポップアートがプリントされている。小柄で元気で、出会った頃はそのエネルギーに圧倒された。今も潑剌《はつらつ》とした声やテンションは変わらない。

「ユキ、元気だった?」

中塚がユキ呼びをするのは、高校時代につき合っていたときの名残《なごり》だ。

「そんでちょっと見ない間にずいぶんイケちゃって、どしたのよ」

中塚が目を丸くして無遠慮に見上げてくる。

「髪切っただけだけど」

「すっげえ似合ってるけど、なんか心境の変化でもあった？」

中塚は賑《にぎ》やかにしゃべりながら蒼に気づいた。

「こんにちは」

「初めまして。三原蒼です」

蒼がにこっとした。

「友達」

目で訊いてくるのに短く答えると、中塚は一瞬虚《きょ》を突かれたように目を見開き、改めて蒼を眺めた。「友達」が「彼氏」と同義語だともちろん理解しているし、雪郷がずっと決まった相手を作らなかったことも中塚はよく知っている。

「…そうなんだ」

不躾《ぶしつけ》に蒼を眺めてから、気を取り直したように「中塚です」と明るく名乗った。

「今日、湊《みなと》君がモデレーターなんだね」

今となれば二歳の年の差など「同年代」でくくれてしまうが、高校一年と三年の差は、当事者間では大きかった。ユキ呼びに対して、雪郷も当時と同じように「湊君」と呼んでいる。

「うん、俺。主催者さんに誰呼びたいって訊かれたから真っ先にユキ頼んだの。受けてくれてありがとねえ」

やっぱり中塚経由でのオファーだった。

「湊君ならフォロー上手いし、安心だから」

「任せとけ。あ、俺ちょっと煙草《たばこ》買ってくるから。打ち合わせ始めちゃってていーよ」

蒼にも軽く笑顔を向けて、中塚は外に出て行った。

「同業者さん？」

「うん、まあ。古い知り合い」

「ふーん…」

蒼が中塚の背中を見送っている。元カレだと話してもよかったが、わざわざそんなことを教えるのもな、と思って止《や》めた。

「打ち合わせ、すぐ終わると思うからちょっとここで待っててくれる？」

スタッフルームからさらに奥の事務所に入ると、すでに奥村たちが簡易テーブルについていた。蒼を応接用のソファに残し、雪郷は打ち合わせに合流した。

そこでもまたひとしきり「どうしたの」と驚かれ、奥村には「プロフィール写真、替えましょう」と提案された。

「リリース情報、もう一度確認お願いしますね。あっ、ちょっと中塚君、みんな待ってるのになにしてんの」

機材のパンフレットを配ろうとしていたスタッフが声を張り上げ、見ると応接セットのソファに座り込んで、中塚が蒼と楽しげに話し込んでいた。

「ごめーん」

いつの間に、と驚いていると、中塚はじゃあね、と蒼に手を振って腰を上げた。

中塚が誰彼なく絡《から》んでいくのはいつものことだが、なんとなく嫌な気がした。蒼は愛想笑いを浮かべていて、雪郷と目が合うと、小さく首をすくめた。

「あの人、ユキの友達なんだって。ユキが友達連れてくるなんて珍しいし、どっかのタレントさんかと思って訊いたら、彼普通の会社員なんだね」

中塚が誰にともなく話しながら雪郷の隣に座った。

「それじゃ打ち合わせ始めまーす」

全員揃ったのを見計らって、主催の責任者がタイムテーブルの説明を始めた。

「彼氏、いーね」

中塚がこそっと話しかけてきた。

「ユキの激変、彼氏の影響？　上品でいい感じ」

「何話してたの」

「別にー」

中塚は煙草をくわえて火をつけた。

自惚《うぬぼ》れでなければ、中塚はこのところ雪郷とよりを戻してもいい、とアプローチしていた。やけに現場が重なるな、と思ったのは半年ほど前からで、最初はただの偶然だと思っていた。もしかして合わせているのか、と疑ったのは中塚に指名権のある仕事が続いているのに気づいてからだ。打ち上げなどでもやたらと隣に座りたがる。

「湊君はねー、売れっ子ちゃんが大好きだから」

同業の男が厭味《いやみ》交じりに噂しているのも偶然聞いた。

「YUKISATOとつき合ってたことあるとかって自慢してたよ」

「昔の話だろ？　真偽不明の」

「だから有名になった彼氏ともう一回ホントの話にしたいんじゃねーの？　あのゲームプロデューサーとうまくいってないらしいし」

中塚と別れたあと、雪郷は決まった相手をつくらなかった。

ユキが彼氏つくらないのって俺のせい？　と別れてしばらくたった飲み会で一緒になったとき、冗談交じりに訊かれたことがあった。そうかも、と答えたのは、別に未練があるという意味ではなかった。さんざん振り回され、苦《にが》い思いをさせられたからもういい、というだけのことだ。楽曲制作が仕事になって他のことにエネルギーがいかなくなったこともある。あとになって中塚は自分に都合のいい解釈をするタイプだったなと思ったが、実害もないのでそのままにしていた。

もし本当に中塚が復縁を考えているのなら、早めにその気はない、とはっきりさせておきたかった。

「彼氏いるなんて知らなかったな」

トゲを隠して、中塚がやけに嬉しそうに話しかけてくる。蒼と暮らすにあたっては、かなりの人数を新居に呼んでお披露目《ひろめ》したが、中塚の耳には届いていなかったようだ。

「いつから？」

「一年は経《た》ってないよ」

「そんなにか」

本当は半年を過ぎたところだが、嘘は言っていない。中塚が顔をしかめた。

「あーあ、つまんねー」

あけっぴろげな中塚に、ふと懐かしさが胸を過《よ》ぎった。

中塚と初めて会ったのは、雪郷が高校一年の秋だった。

楽曲配信者のオフ会に年齢を偽って参加して、すでにネット上で交流していた中塚と意気投合した。

中塚はゲーム実況やエンタメ系の動画配信をやっていて、たまたま家も近く、飲食をやっていて夜は大人がいない雪郷の家に遊びに来てはだらだら泊まっていき、お互い「そっち」だとわかると、なし崩しにつき合うようになった。

低温の関係で、さして盛り上がりもしなかったけれど、雪郷にとってはなにもかもが初めてで、十六歳には二つ上はとんでもなく大人に思えたし、中塚の物怖《ものお》じしない強気な性格にも惹《ひ》かれた。

が、中塚はあっさり他の男に乗り換えた。

「だっておまえ、ぱっとしないし、つまんないんだもん」

そのころには雪郷のほうも中塚の自己中心的な言動についていけなくなっていたから、揉《も》めることもなく静かに別れた。

社交的で明るい中塚に比べれば、確かに自分はぱっとしないしつまらない。

別れてからも現場が重なったりして顔を合わせることはあったが、さして気まずいということもなく、「古い知り合い」「雑談くらいはする相手」というポジションに落ち着いた。

ここ数年で雪郷は業界内では多少知られた存在になった。今になって昔つきあっていたことを吹聴《ふいちょう》しているらしいと聞いて、微妙な気持ちになっていた。

「彼氏、俺とユキがつき合ってたこと、知ってんの？」

「知ってるよ」

とっさに嘘をついたのは、中塚に弱みを握ったと思われたくなかったからだ。

「ふーん」

中塚は含みのある顔つきで雪郷を眺めた。

打ち合わせはものの十分もかからず終わり、雪郷は急いで蒼のところに戻った。

「ごめんね、待たせて」

「ううん、ぜんぜん」

蒼は見ていたスマホから顔をあげて笑顔になったが、すぐ戸惑ったように雪郷のうしろに目をやった。

「ユキ、もう一回紹介してよ」

は？　と驚いて振り返ると、うしろにちゃっかり中塚がいた。

「紹介って、さっき勝手にしゃべってたくせに」

「いーじゃん、俺も仲良くなりたい」

「だめ」

図々《ずうずう》しい中塚に、雪郷もストレートにシャットアウトした。

「なんでよー」

「行こう、蒼ちゃん」

蒼を押し出すようにして会場のほうに向かうと、中塚が「心せまーい」と後ろからからかってくる。

「いいの？」

「いいよ。蒼ちゃん、こっち」

もう客入れが始まっていて、会場はステージに近い場所から埋《う》まっていた。固定席とスタンディングエリアの中間にある関係者席に蒼を案内して、雪郷はドリンクを取りに行った。

音響メーカー主催の新機材お披露目イベントなので、客の半分は業界関係者で、残りの半分が動画配信者のファンだ。ゲーム実況が一番人気だが音楽系もそこそこいる。雪郷は前に出る仕事はほとんどしていないが、それでも「あっ、あれＹＵＫＩＳＡＴＯじゃない？」などという声がときおり聞こえた。話しかけられたりする前に、と雪郷はそそくさと飲み物を蒼のところに運んだ。

戻ってみると、蒼の隣にはまたしても中塚がいた。

もしかしてと思っていたので、雪郷は「湊君」と低い声で追い払いにかかった。

「モデレーターがなんでこんなとこにいるの？」

しつこすぎる、とさすがに腹が立った。

「もう行かないとまた怒られるよ」

雪郷の本気の苛立《いらだ》ちにさすがの中塚も鼻白《はなじろ》んだ。

「そんな怒らなくても、もう行くって」

蒼にはあくまでも笑顔で、「じゃあまたね～」と手を振って去って行った。

「面白い人だね」

蒼がやや困惑気味に笑った。

「何話してたの？」

「んー、仕事なにしてるのかとか。俺、ゲームとかぜんぜんやらないから、せっかくいろいろ話してくれるのに意味わかんなくて困っちゃった」

雪郷が差し出したドリンクを受け取りながら、蒼は申し訳なさそうに中塚が去った方向に目をやった。

「蒼ちゃん、こういうの興味ないのに無理に連れて来て、ごめん」

関心のないイベントに来てもつまらないよな、と雪郷は誘ったことを今さら後悔していた。

「なんで？　そんなことないよ」

にこっとしてくれたが、どことなく蒼は浮かない様子だ。

「湊君に、なにか言われた？」

「どうして？」

「さっき言わなかったけど、俺が高校のころつき合ってたの、あの人だから」

隠す意図はなかったので、誤解されないうちにさっさと話した。

「そうなんだ」

蒼が目を丸くした。

「で、一年くらいで振られた。ぱっとしないしつまんない、って言われて」

「なにそれ」

むっとした蒼に、雪郷は苦笑した。

「湊君にしたら悪気はなくて、本当のこと言っただけなんだよ。地味に傷ついたけど、そういうの、言ったほうは忘れてるんだよね」

頭上の大型モニターにアクションゲームのデモが映し出された。中央のステージ上にもスクリーンが設置されていて、そこではバーチャルアイドルがダンスを踊っている。

「蒼ちゃん、つまんなかったら先に帰っていいからね」

「え？　でも雪郷ステージ出るんでしょ？」

「スポンサーの提供機材触って、みんなで感想言い合うだけだよ。動画制作してる人じゃないと意味わかんないと思うし、蒼ちゃん聞いても面白くないと思う」

自分で言って、自分で凹《へこ》んだ。荻野が蒼を連れ出していたのは、野外ライブやアウトドアだ。

「ほんと、ごめん」

「そんなことないって」

ステージの照明が明るくなり、拍手が起こった。

「あ、中塚さんだ」

若い女性タレントと人気声優を引き連れるようにして中塚が現れた。メインの新機材発表の前に、人気タレントを使って場を温める段取りだ。

中塚の軽妙なMCに、大型モニターや物販《ぶっぱん》に集まっていた客が徐々にステージのほうに移動し始めた。タイムテーブルに従って声優たちが最新ゲームのさわりを紹介したり、スクリーン上で対戦したりしているうちに前方の固定席はほぼ埋まってしまった。

「俺、そろそろ行かないと」

「うん、頑張って」

蒼を一人で残していくのが気がかりだったが、早めにスタンバイお願いしますと念押しされていたのを思い出して、雪郷はしかたなく腰を上げた。

関係者席から抜け出してステージの裏手に回ると、もうスタッフが誘導《ゆうどう》の準備をしていた。

「ちょっと押してるので、コメントはコンパクトめでお願いします」

雪郷の他に同じ楽曲配信者が二人いて、雪郷は初対面だったが、二人には面識があるようだった。どちらも三十代後半くらいの小柄な男性だ。中塚も小柄なので、ステージに出ていくと一人だけ背が高く、へんに目立って気が引けた。

「では、本日のメインイベントー」

中塚が高らかに声を張り上げて拍手が起こる。

人前でしゃべるのは得意ではないが、だいたい一番緊張しているのは直前で、始まってしまえばどうにでもなれ、と開き直ってしまう。

声優陣とバトンタッチする形で登場すると、一人ずつ紹介され、スポンサーの音響メーカー広報が出て来て中塚と一緒に新機材について説明を始めた。関係者席に蒼を探したが、ライトが眩《まぶ》しくてこちらからはよく見えない。

「それじゃちょっと触ってもらいましょうか。誰やる？　ＹＵＫＩＳＡＴＯ？」

客席から拍手が沸き、ＹＵＫＩＳＡＴＯ、とコールが飛んだ。

「実際に触ってもらって、感想もらいましょう。どうぞ」

中塚はさすがに仕切りがうまく、自由自在に話を回す。

触ってみたかった新しい機材を試すことができてテンションもあがり、他の二人ともあれこれコメントして盛り上がった。

「ところで、こういう機材っていざ買うとなるとローンになったりするじゃないですか」

ひとしきり機材の紹介を終えて、中塚がフリートークに誘導した。

「そうなると、たとえばパートナーの理解を得なくちゃならなかったりするでしょ。仕事で使うんだって主張しても、同じの持ってるじゃんとかって言われたりしません？」

あるあるですねー、と雪郷の隣の男が苦笑する。

「僕は独身だしさっさと買っちゃうけど、家庭持ちの友達はねー」

「パートナーと興味の方向違ってたり、理解がなかったら辛いですよね？」

「あーそれで友達離婚しちゃった」

どっと笑いが起こったが、雪郷は笑えなかった。話の流れは自然だが、明らかに中塚は意図を持って話を繋いでいる。

「市民権得るようになったっていっても、まだアニメとかゲームとか見下してる人も多いしね。そもそも話通じないと、一緒にいたって面白くないよね」

「そうねー、究極オタク同士で結婚するの理想かなって」

「わかりあえるからね」

「うん、たとえはまってるジャンルが違ってても魂は同志だから」

「俺は気にしないけど」

腹が立っていきなり遮《さえぎ》った。が、すかさず「おっ、さすが心が広い」と中塚がまぜ返した。

「ってわけで、そろそろ質疑応答いきましょうか」

中塚にとってはちょっとした嫌がらせにすぎないだろうが、蒼がどう感じたのか気になった。

「お疲れさまでした」

「どうも」

「お疲れー、またね」

ファンからの質疑応答もこなしてなごやかに終了すると、雪郷はすぐさま蒼のところに戻ろうとした。

「ユキ」

関係者席の手前で、中塚に呼び止められた。

「お疲れさま」

振り返ると、缶入りのドリンクを手に早足で近づいてくる。

「どうも」

ドリンクを差し出されて、仕方なく受け取った。

「ユキ、トークもけっこういいけんじゃん。また呼んでもいい？」

「事務所通してくれたら、いつでも」

「打ち上げ行かないの？」

関係者席から人がぞろぞろ出てくる。

「今日はもう帰る」

「なんでよ」

中塚が腕を摑んだ。親しげな笑みを浮かべて、妙に距離が近い。意図を感じた。

「ちょっと…」

「雪郷？」

蒼の声がした。どきっとした。

予感どおり、人の流れから抜け出して、蒼が足を止めてこっちを見ていた。中塚は雪郷の腕を摑んでいる。

「蒼ちゃん…」

面白がっている中塚と、目を瞠《みは》っている蒼に、どっと既視感《きしかん》が押し寄せた。

これと同じことが、少し前にもあった。

迎えに行ったワインバーで、蒼はテーブルの上で荻野《おぎの》に手を握られていた。焦《あせ》って手を振り払おうとしていたが、雪郷は蒼のことをみじんも疑わなかった。

蒼が瞬《まばた》きをした。

「――お疲れさま」

蒼のおっとりした笑顔に、中塚が戸惑う気配がした。

「中塚さんも、お疲れさまです」

蒼を迎えに行ったあのときと、ちょうど逆になっている。つまらない嫌がらせなど無視して、蒼は穏やかに微笑《ほほえ》んだ。

「湊君、離してくれる?」

雪郷が言うと、中塚がむっとした顔で手を離した。

「俺はぱっとしないし、つまんない男だけど、それでもこの人は俺がいいって言ってくれるんだ」

自分が言ったことなど忘れているのだろう。中塚はなんのことだ、というように眉を寄せている。

――ああ、だから俺はいつまでも荻野さんが気になってたんだな。

雪郷はふっと息をついた。

今ごろになって、わかった。

自分ではそこまで傷ついているとは思っていなかったが、中塚に投げつけられた言葉は心のどこかにずっと残っていたらしい。

「雪郷はぱっとしてるし、ぜんぜんつまんなくないよ」

蒼がきっぱり言い切った。その言い方がなんだかおかしくて、雪郷は声を出して笑った。

いつまでも小さな痛みをもたらしていた古傷は、蒼が優しく癒《いや》してくれた。

5

帰りのタクシーで、蒼《そう》はしきりに「打ち上げ行かなくてもよかったの？」と気にしていた。

「奥村《おくむら》さんには連絡したし、大丈夫だよ」

中塚《なかつか》がまた蒼に厭味《いやみ》を言うかもしれないし、業界人と会話しても蒼には意味不明で面白くもなんともないだろう。

「ごめんね、蒼ちゃんに興味ないとこ連れ出して」

「本当にいいって。俺のほうこそ気を遣わせちゃってごめん」

「蒼ちゃんが謝ることなんにもないよ。嫌な思いもさせちゃったし、荻野《おぎの》さんならこんなこと…」

「荻野？　って晃一《こういち》？」

いつも頭のどこかで気にしているので、つい荻野の名前を口にした。蒼が聞きとがめた。

「なんでそこで晃一が出てくるの？」

「なんで、って…」

「もう関係ないよね？」

珍しく蒼の声がきつくなった。

「う、うん」

「雪郷はまだ晃一のこと気にしてるの？　俺が信用できないの？」

「そうじゃないよ」

そこははっきりさせないと、と雪郷も車のシートから背を起こして蒼のほうを向いた。

「蒼ちゃんのことは信用してる。ただ俺は荻野さんにどうしても劣等感があるから気になるんだ」

「だから、どうして比べるの」

「蒼ちゃんにはわからないよ」

言い争いの気配に、運転手が咳払《せきばら》いをした。蒼は無視してさらに声を荒らげた。

「わからないって、どういうこと？」

「あんなカッコいい人とつき合ってたって思ったらどうしても自信なくなるし、努力しても追いつける気しないし、でも絶対蒼ちゃんのこと離したくないから気になってしょうがないんだ」

「俺だってアニメもゲームもわかんないし、みんながなに話してるのかも理解できなくて、雪郷に悪いなって思ってるよ」

蒼が早口になった。

「蒼ちゃんはそんなの気にしなくてもいいって言ってるのに！」

「じゃあ雪郷も気にするの止《や》めてよ！」

「それは無理」

「俺だって無理」

「馬鹿！」

思わず言ってから、あっと驚いた。

蒼ちゃんに「馬鹿」って言った。

「馬鹿って、なに」

蒼もあっけにとられて目を見開いたが、すぐぎゅっと睨《にら》んできた。

「ごめん」

「すぐ謝るのなし」

「そ、そんなこと言ったって」

「なんで馬鹿なの」

「だって、蒼ちゃんが必要ないこと気にしてるから」

「雪郷も同じだろ?」

「それは、…そうだけど」

「お客さん、そこでいいですか?」

いつの間にかタクシーはマンションの敷地前にさしかかっていた。長い煉瓦《れんが》の外壁《がいへき》にシックな照明が当たっている。

「あ、そこでいいです。ありがとうございます」

車から降りると空気がしんと冷え込んでいて、雪郷は急いでポケットからネックウォーマーを出して蒼の首にかけた。

「蒼ちゃん、寒くない?」

「だいじょうぶ、ありがとう。ねえ、今の、口喧嘩だね?」

蒼が妙に嬉しそうに言って見上げてきた。

「え?」

「雪郷と初めて喧嘩した」

あれが喧嘩なのか? と首をひねったが、蒼が満足そうなのでそういうことにした。

一緒にエントランスに入り、どちらからともなく手を繋《つな》いだ。エレベーターの扉は両開きの重厚感《じゅうこうかん》あるウッドドアで、鏡面塗装《きょうめんとそう》が施《ほどこ》されている。

「ほら、雪郷かっこいい」

うっすらと映るシルエットを蒼が指さした。

「俺がカッコいいって言ってるんだから、雪郷は世界で一番カッコいいの」

蒼が重々しく宣言した。

「じゃあ俺も、無趣味な蒼ちゃんが好き」

「なにそれ」

蒼が噴き出した。

「でも、なんか嬉しい」

「俺も」

世界で一番大切な人が「気にするな」と言ってくれた。それなら万事《ばんじ》解決だ。

笑い合っているとドアが開いた。

「じゃあさ、今日は一緒にお風呂はいろ」

エレベーターに乗り込んで、蒼が悪戯《いたずら》っぽく言った。

「もう心の準備できたよね?」

今さらどうしてこんなに緊張してしまうのか、自分でもわからない。雪郷はごくりと唾《つば》を飲み込んだ。

浴室扉の向こうからは静かな水音が聞こえてきて、蒼はもうバスにつかっているようだ。パウダールームはランドリースペースとつながっていて、無駄に広い。雪郷は意を決して服を脱いだ。

奥村さんに連絡入れるから先に行ってて、と蒼をバスルームに送り込み、一人で動揺を抑《おさ》えこもうと試《こころ》みたが、結局うまくいかなかった。

恋人同士で一緒に風呂に入るのは、別におかしなことではない。毎日一緒に入浴してます、というカップルだってたくさんいるだろう。ただ雪郷は経験がなかった。

「雪郷ー?」

「う、あっ、はい」

どんな感じで入っていけば、と悩んでいたら普通に呼ばれた。バスルームに反響する蒼の声に、雪郷は慌ててドアを開けた。

「バスオイル、新しいの買ったんだ?」

「あっ、うん」

一瞬だけ照れくさそうにしたが、蒼はリラックスしてバスタブに身体を伸ばしていた。乳白《にゅうはく》色《しょく》のお湯から柔らかな甘い香りが立ち上る。

「蒼ちゃんお風呂好きだから、いろいろあったほうがいいかなと思って。それは専門店でお店の人にすすめられたやつ」

「マッサージオイルとしてもご使用いただけますって書いてるね」

ボトルのラベルを読んでいる蒼はいつもと変わらない。勝手にアダルトな妄想をして焦《あせ》っていたが、考えてみれば風呂に入るのはあたりまえのルーチンだ。

「雪郷、やっぱりいい身体してるね」

シャワーでざっと身体を流すと、蒼が浴槽《よくそう》のふちに腕を置き、つくづくと見上げてきた。

「筋肉ついいててかっこいい」

「蒼ちゃんに見られると…」

緊張していると勃起《ぼっき》しないはずだが、むくっと反応してしまった。蒼が気づいてふふっと笑った。

「俺もなってる」

「ほんと?」

「本当」

親密な、恋人同士の空気に緊張がほどけていく。

早く来て、と手を差し伸べられて蒼と向かい合うようにして浴槽に入った。ざあっとお湯がこぼれていく。

「贅沢《ぜいたく》だね」

「うん」

肌に残るようなとろっとした湯がじんわりと身体を温める。

「なんか温泉みたいじゃない？」

言いながら、蒼がゆっくり体勢を替えた。雪郷のほうに背を向けて、重なってくる。

「やっぱこの体勢だよね」

足の間に入ってきて、蒼は雪郷の手を取って触らせた。濁《にご》って見えないが、すっかり固くなっているものを握らされて雪郷もぐっと漲《みなぎ》った。

「蒼ちゃん…」

「ん」

とろみのある湯のせいで、蒼の肌に密着するだけで性感が煽《あお》られる。手の中の蒼を愛撫《あいぶ》しながら濡れた髪にキスをすると、なるほど一緒にお風呂はいいものだと実感した。

「こんどあひる浮かべようか」

蒼がお湯をすくって遊んでいる。

「あひる？」

「おもちゃのあひる。ぷかぷかって」

ふふ、と笑っている蒼の濡れた髪とうなじが色っぽい。

「――あっ……」

思わずうなじに口づけた。弾力のある肌にそそられて軽く吸い、歯を立ててみる。不意打ちに蒼が声をあげた。

「ゆ、…雪郷…」

声が反響し、手の中の蒼がいきなり激しく反応した。それにつられて、さらに強く嚙んでしまった。

「あっ、――あ」

ばしゃ、とお湯が跳ねる。

「――もっと」

痛がらせたかと思った瞬間、ねだられた。

「え？」

「今、の、もう一回……」

嚙んでほしいと言われたのだと理解するのに少しかかった。肩越しにこっちを見た蒼は、瞳が潤《うる》んでいる。

戸惑いながら首筋に唇を当てると蒼が期待するのがわかった。おそるおそる歯を立てる。

「――」

蒼が息を止めた。今までもセックスのときに内腿《うちもも》のあたりを軽く嚙んだりはあった。愛撫の延長で柔らかいところを味わってみたかっただけだし、蒼も嫌がりはしなかったが、特に感じているふうでもなかった。まして蒼のほうから噛んでくれと頼むこともなかった。

「蒼ちゃん、痛くない…?」

「ちょっとだけ」

蒼の喉《のど》がなまめかしく動いた。もう一回、と目で催促する蒼は明らかに官能を覚えている。

「……っ」

耳の下が敏感なことは知っていた。首筋も蒼の大きな性感帯だ。大きく口をあけて、噛んだ。

蒼の背中がのけぞり、小さな悲鳴のような声が洩れた。

「あぅ……ッ、は、あ……っ」

「蒼ちゃん」

湯が濁っているので、すぐにはわからなかった。激しい息と、ぐったりと脱力する蒼の様子で気づいた。手の中のものは徐々に力をなくした。

「いっちゃった…?」

そっと訊くと、蒼は肩で息をしながら呆然とした様子でうなずいた。

「なんか——」

雪郷の胸に頭を預けて、蒼は快感の余韻《よいん》に浸《ひた》っている。

「大丈夫?」

蒼に引きずられて雪郷も激しく興奮していた。

「ん、うん……雪郷…」

まだ息を弾《はず》ませたまま、蒼がなんとか身体を起こした。重なり合っていたので、勃起した性器が蒼の足の間で主張している。

「俺、今めちゃエロい気分になってるけど…い、いいよね…？」

「え？　いい、っていうか、いいよ」

嫌だという男がこの世にいるのだろうか。

蕩《とろ》けた目と濡れた唇に心臓を撃ち抜かれ、俺けっこうやらしいんだ——と告白されたときと同じくらい動揺した。

蒼が顔を傾けて口づけてきた。火照《ほて》った肌が密着して、濡れた髪が頬に触れる。口の中にぬるりと入り込んだ舌も熱かった。

「蒼、…ん…」

舌を絡《から》ませ、唇を噛み、ねっとりとしたキスを繰り返しているうちにまた蒼の性器も興奮してきた。蒼が腰を動かし、器用に敏感なところを擦《こす》り合わせる。雪郷が背後に手を回すと、心得て今度は中に指が入るように腰の角度を合わせた。

「ふ……っ」

キスしながら、蒼が手を伸ばして壁面《へきめん》のパネルのスイッチを押した。排水口が開いて湯が流れていく。

「雪郷、フェラさせて」

唇から舌同士を出して舐《な》めていると、水面がゆっくり下がっていく。

蒼も身体をずり下げて、鎖骨《さこつ》から胸、腹、と唇を這わせた。フェラ好きなんだ、と毎回してもらっていたが、蒼の口がそこに触れるビジュアルだけで雪郷は限界になってしまう。

「蒼ちゃん…っ」

「今日はいっぱいさせて」

「いやでも…」

見ないように顔を上げても、想像してしまう。水が渦《うず》を巻いて流れ落ち、蒼は両手をバスの床についた。

「ごめん、蒼ちゃんにそれされると…」

蒼でなければ、もちろんしてもらうのは好きだし、楽しめる。そのうち慣れるだろうとも思う。でも今はまだ無理だ。

「──…っ…」

先端に唇が触れ、呑み込まれる。必死で我慢した。見ないように、想像しないように、浴槽のふちに置いてあったバスオイルのラベルを読んだ。

「──雪郷、今日おっきい」

ため息のような声で、終わった。

「ごめん」

快感が突き抜け、しまった、と思ったときにはもう蒼の頬から顎《あご》に精液をぶちまけていた。

「ごめん蒼ちゃん、…」

目に入ったりしないように慌てて手で拭《ぬぐ》うと、蒼にぐいっと手首を摑まれた。

「蒼ちゃん…?」

無言で蒼が顔をあげた。惚《ほう》けたような表情で息を乱している。自分の精液で汚してしまったきれいな顔に、ぞくりとした。今射精したところなのに、萎《な》えるどころかさらに興奮してしまう。蒼が雪郷の手を口に持って行った。

「え…」

蒼の舌が指を辿《たど》り、手についた精液を舐めた。熱に浮かされたような目と卑猥《ひわい》な舌に、雪郷は息を呑んだ。

「蒼ちゃん」

まだ充分受け入れる準備ができていないはずなのに、蒼は膝立ちで乗りかかってきた。

「雪郷、——噛んで」

掠《かす》れた声が耳元で懇願《こんがん》した。

「——っ」

さっきとは逆の首筋に歯を立てた。初めて知る快感に蒼が夢中になっている。湧き上がる興

奮を鎮《しず》めるように、蒼が腰を揺すった。充分とろけていないところに無理に侵入する。痛みと快感が綯交《ないま》ぜになり、それがさらに激しい興奮を呼んだ。

「――ッは、ッ……ゆ、雪郷…い、いい、すごく、もっ…と、もっと、噛んで…」

絞《しぼ》るようにきつかった中が徐々に緩《ゆる》み、奥まで届いた。キスの合間に差し出された指を噛み、首筋に歯を立てた。

「雪郷、雪郷、気持ちいい……」

泣くような声をたてられ、どうしようもなく興奮が募《つの》った。蒼の動きが激しくなり、快感が膨《ふく》れ上がる。

「ああ、あ……っ」

激しい息が混じりあい、熱が溜まる。エネルギーが爆発しそうだ。

「もう、いく…」

蒼が切れ切れに訴《うった》えた。

「ん」

「雪郷、いく」

あ、あ、と声が切羽詰《せっぱつ》まった。濡れた唇から舌がのぞき、雪郷は衝動的に蒼を抱きしめて強く突き上げた。

「あ――う、……」

蒼の中が痙攣《けいれん》し、同時にぱたぱたっと生ぬるいものが腹に当たった。蒼が夢中でしがみついてくる。絞りあげられ、高みに押し上げられ、雪郷もその波に乗った。

「――は……っ」

気が遠くなりそうな快感のあと、ゆるやかに波が引いていく。

「蒼ちゃん……」

ぐったりともたれかかってくる蒼を抱き留めて、雪郷は激しい呼吸の合間に蒼の耳や首筋にキスをした。

「……すっごい、よかった……」

生々しい噛み痕《あと》がいくつもついている。

まだ肩で息をしながら、蒼が顔を上げた。

「あんなの、初めて」

「うん」

汗だくの蒼が、感慨《かんがい》深そうに雪郷を見つめた。

「蒼ちゃん、ごめんね。痛くない？」

鬱血《うっけつ》した肩の噛み痕に、今さら慌てたが、蒼は首を振った。

「雪郷に噛まれるの、気持ちよかった」

恥ずかしそうな小さな声に、なんともいえない気持ちになった。

「蒼ちゃん…」

自分たちだけの行為を見つけた。

お互いを満たし合った実感でいっぱいになって、雪郷は蒼に口づけた。蒼も同じことを感じてくれている。

すっかりお湯が抜けてしまっていて、冷えないうちに、とパネルのスイッチを入れた。

汚れた身体をお湯で流し、もう一度ゆっくり湯につかった。

「広いお風呂、やっぱりいいね」

「今度蒼ちゃんにあひる買ってくる」

他愛《たわい》のない話をしながら自分のつけた噛み痕に指先で触れた。

誰も知らない、自分たちだけの愛の行為。

蒼がくすぐったそうに笑って、雪郷は「でも今度からはもうちょっと加減を覚えよう」と心に誓った。

6

「あれ、今日は写真とらねーの？」

グラスにスパークリングワインを注《つ》ぎ分けて、それじゃ、と乾杯を促《うなが》そうとすると嶋田《しまだ》が不思議そうに雪郷《ゆきさと》のほうを見やった。

「あっ、ほんとだ。忘れてた」

蒼《そう》がカメラを取りに行こうと腰を上げかけたが、雪郷は「面倒だからいいよ」と止めた。イベントの翌週、嶋田と蒼の休みが合ったので、ヘアカットのお礼にと食事に招《よ》んだ。例によって打ち合わせも兼ねて奥村《おくむら》もいる。

「また次でいいよ」

「そうなの？」

蒼がきょとんと瞬《まばた》きをした。

「ＳＮＳは告知のためにやってるんだし、告知は奥村さんがきちんと流してくれてるし、プライベートは気が向いたらアップするくらいでいいかなって」

荻野《おぎの》に対抗する気持ちが消えてしまって、ＳＮＳもさっぱり興味がなくなった。プロフィール画像は替えたが、それももはやどうでもよかった。奥村は珍しくがっかりした様子を見せたが、「まあ堤《つつみ》君のメンタルが安定しているのが一番ですから」と相変わらず理解が早かった。

「料理写真は好評だったので残念ですが、モチベーションが消えたようなのでいたしかたありません」

「へーそうなんだ」

ややして嶋田も察した。

「自信ついたか、よかったな」

「なんのこと？」

相変わらず蒼だけは意味がわかっていないが、雪郷は「それじゃ」と乾杯を促した。

「いただきます」

「美味《おい》しそう」

「食おう食おう」

まあいいか、という顔で蒼もいそいそグラスをかかげた。

四つのグラスがかちんと音を立て、雪郷は満足して箸《はし》を取った。

あとがき

AFTERWORD……………………

―安西リカ―


こんにちは、安西リカです。

このたびディアプラス文庫さんからとうとう二十冊目の文庫を出していただけることになりました。

自分でもびっくりしていますが、これもすべていつも買い支えてくださる読者さまのおかげです。本当にありがとうございます…！

今作はもともと浮気から本気になってつき合うことになったふたりが、「また浮気していくんじゃないか」で疑心暗鬼に陥《おちい》ってもだもだするさまに萌えを感じて考えたのですが、主にわたしの力量不足でうまく書けず、担当さまには本当にご迷惑をおかけしました。

こういう話書きたーい！　と思った時点ではいつも元気いっぱいなんですが、書いてみて七《しち》転八倒《てんばっとう》するときと「えっもう書けちゃった」ときの差が激しくて、いまだに自分がなにに躓《つまず》くのか、まったく予想できません…。

イラストお引き受けくださった街子《まちこ》マドカ先生。

先生の柔らかくて色っぽい線が大好きなので、描いていただけるとお聞きして大喜びしておりました。雪郷《ゆきさと》が理想の彼氏すぎて……！　本当にありがとうございました。

担当さまはじめ、いつも助けてくださる関係各所のみなさまにもお礼申し上げます。これからもよろしくお願いいたします。


そしてなによりここまで読んでくださった読者さま。

心から感謝しております。ありがとうございました。

これからも楽しく自分の萌えを拾っていきますので、お好みに合いそうなものがございましたら手に取ってやってくださいませ。


例によって枚数調整がうまくいかず、このあとさらに掌篇《しょうへん》がございます。こちらもおつき合いくださいましたら嬉しいです。

安西リカ

キスマーク

武骨《ぶこつ》なブラックアイアンと迫力のあるグリーンの組み合わせが目を引くヘアサロンは、古着屋やアジア系カフェの並ぶ洒落《しゃれ》た界隈《かいわい》の一角にある。

以前は大型手芸店だった店舗を全面改装してオープンさせたらしいが、街の雰囲気に馴染《なじ》みすぎて、開店祝いの胡蝶蘭《こちょうらん》が並んでいなければ見落とすところだった。

「お、蒼《そう》。来てくれたか」

グレーに塗装《とそう》されたウッドドアを開けると、中は天井の高いスタジオ風の内装になっていた。

「開店おめでとう。すごい、いい店だね」

近寄ってきた嶋田《しまだ》に、蒼は包装されたシャンパンの瓶《びん》を手渡した。

「これは雪郷《ゆきさと》から」

「おお、サンキュー。開店祝いの花もありがとな」

学生時代からの友人、嶋田が新しく店長を勤めることになり、内装工事も終わったというのでオープン前にお祝いがてらみんなで店を見に行こうという話になった。気心の知れた顔ばかり五、六人がもう来ていて、あちこち見て回っている。

「おー、蒼」

「三原《みはら》君、久しぶり」

吹き抜けの二階がネイルとアイメニューのスペースになっているらしく、上のほうでは女子が「めっちゃいい」「気分あがる」と盛り上がっていた。

「よう」

奥から、まるで店の責任者のように荻野《おぎの》が出てきた。フィットネス関連の事業をやっているだけあって、スポーツテイストのシャツに最近また人気が出てきたダメージデニムという恰好《かっこう》がさまになっている。

「久しぶり」

平静を装《よそお》ったが、蒼は内心身構えた。

荻野と顔を合わせるのは半年ぶりだ。友人関係がかぶりまくっているので、そのうち会ってしまうだろうとは思っていたが、社会人生活が長くなるにつれてそれぞれ仕事やプライベートが忙しくなって集まること自体が減っていた。

「元気そうだな」

「晃一《こういち》も」

とはいえ、近況は友人経由で耳に入ってくる。これといったトピックスはないものの、荻野のフィットネス関連の事業は順調のようだし、蒼もずっと雪郷と仲良くやっている。

「雪郷は？　元気か？」

「うん、仕事忙しそうだけどね」

大学時代の友人たちで嶋田の開店祝いをすると話したとき、雪郷はまっさきに「荻野さんも来るよね？」と確認した。

「そりゃ来るよ」

「なんか嫌だけど、しかたないね」

拗《す》ねたように言ってぎゅっと抱きしめてきた雪郷に、蒼は内心嬉しくなった。以前なら気にしていることを顔に出さないようにしながら、あれこれ一人で気を揉《も》んでいたはずだ。以前の複雑な感情が完全に消化できたからこそ、あっさり荻野の名前を出せるし「なんか嫌」だと言えるのだ。

「ごめんね」

「蒼ちゃんが謝ることじゃないよ。俺が心狭いだけ。俺のほうこそごめん」

相変わらずお互い譲《ゆず》りまくるので口喧嘩すらしない日々だが、自分たちはたぶんずっとこのまま「ごめんね」「俺のほうこそごめん」と言い合っていくんだろうなと思い始めている。この半年で喧嘩になったのは一回だけで、雪郷のイベント帰りに車の中でお互い「気にしすぎ」と責めた、あれだけだ。

喧嘩するたび仲を深めていくのだと思い込んでいたが、譲り合っていてもちゃんとお互いを理解することはできる。少なくとも、自分たちはそうだ。相手のことを理解したいと願い、よく見ていれば、諍《いさか》いなどなくても絆《きずな》は強くなっていく。

「雪郷とはうまくいってんのか」

荻野が冗談めかして探りを入れてきた。

「うん」

それ以外答えようがない。

「ふーん」

「晃一は？」

荻野に話を振ったのは、単なる社交辞令だった。が、荻野はにやっと笑った。

「俺のなにが気になるわけ？」

軽やかな声音とからかうような物言いに、いつまで自惚《うぬぼ》れてるんだと呆れつつ、懐かしさもこみあげてくる。未練などまったくないが、荻野とは十年以上もつき合っていた。両手をポケットにつっこみ、少し上体を後ろにそらせた立ち姿も、見慣れたそれだ。

「どうしてるのかな、って普通に」

「それだけ？」

「それだけだね」

心の中を手探りしてみたが、さかさに振っても出てくるのは懐かしさだけだった。

「つまんねえなあ」

荻野がまったく自然に歩き出した。つられてついて行ったのは、長年沁《し》みついた習慣だった。

「雪郷は、優しいんだろうな」

洗髪《せんぱつ》ブースは観葉植物で間仕切りされている。みんなあちこち見て回っているので不自然な動きでもないが、荻野はシャンプー台のところで蒼のほうに向き直った。含みのある目つきで眺められ、どきっとした。完全に二人きりというわけではないが、他の人からは死角になる位置だ。

「物足りないんじゃねえの？」

ことさら低い声が、セックスのことを言っているのだと伝えてくる。むっとした。

「ご心配なく」

「蒼は乱暴なの好きだもんな？」

小声で言いながら、荻野が一歩蒼のほうに近寄った。

「強引なのも好きじゃん？」

まさかそんなことをしてくるとは予想していなかった。手首をつかまれ引き寄せられて、蒼はバランスを崩した。

「おっと」

つまずいたのを助けた、くらいの軽さで荻野が蒼の肩を抱いた。

「ちょっと」

完全に蒼の動きを熟知していて、反射的に抗《あらが》ったのを楽々と封《ふう》じてくる。おまえのことはなんでもわかっている、とでもいいたげな態度にむかっとした。

「物足りなくなったらさ、いつでも連絡してこいよ。蒼ならいつでも大歓迎だ」

腹が立って、蒼は無言で荻野の腕を払いのけた。

「そんな、本気になんなくてもいいだろ」

蒼の激しい拒否に、荻野がわざと鼻白《はなじろ》んだ顔をして見せた。

いつもこうだったな、と蒼は唐突に過去を思い出した。

浮気を咎《とが》め、もう別れたいと告げるたびに荻野はこうしてはぐらかした。真面目な話は避けて冗談に逃げ、なあなあでやりすごす――嫌だったのに、長い間荻野とつき合っているうちに麻痺《まひ》してしまい、誠実さの価値を見誤っていた。

雪郷はどんなささいなことでも真面目に聞いてくれる。蒼が大事だと、態度でも言葉でも惜《お》しみなく伝えてくれる。

「物足りないとかぜんぜんないよ。雪郷は優しいだけじゃないから」

「へえ」

荻野がいきなり蒼の着ていたカットソーの襟《えり》ぐりを指で引き下げた。立ち上がりのあるデザインを選んだのは、首の下に鬱血《うっけつ》のあとがあるからだ。

「……なるほど」

ほんの悪戯《いたずら》のつもりだったのだろう。予想外にはっきりと残っていた生々しい嚙み痕《かあと》に、荻野は一瞬たじろいだ。すぐいつもの洒脱《しゃだつ》な笑みを浮かべたが、蒼は荻野の手を払いのけ、襟を直した。

嚙まれるのが好きだということは、雪郷に初めて歯を立てられるまで知らなかった。今では腕の内側や腿《もも》の柔らかなところを必ず嚙んでもらう。

「そういうのが好きになったわけか。蒼は痛いの好きだったもんな？」

「晃一には関係ない」

「そうか？　俺に嚙まれたらもっと感じるかもよ？」

馬鹿にする意図はなかったのに、つい笑ってしまった。

珍しく荻野がむっとした。

他の誰に嚙まれても、雪郷に嚙まれるほど感じない。そのことには絶対の確信があった。

雪郷は自分から蒼を嚙もうとはしない。以前、愛撫の延長で腕の内側や腿の柔らかなところを甘嚙みすることはあったが、蒼が明確に性感を覚えるようになってからは絶対に自分からは嚙まない。

「蒼ちゃん、痛くない？」

嚙んで、と蒼がねだると、毎回躊躇《ためら》いがちに同じことを訊く。

蒼を傷つけることに迷い、でもねだられると拒否もできず、蒼が感じるとその興奮に引きずられる。

雪郷の逡巡《しゅんじゅん》と興奮がたまらなく愛《いと》おしく、そして深い官能につながった。だから雪郷でないとだめなのだ。

「もう行こうよ」

荻野には当時の鬱屈《うっくつ》から救ってもらった。そこは本当に感謝している。穏やかに促《うなが》すと、荻野は妙に気が抜けた様子で蒼について歩き出した。

「俺もそろそろ落ち着くかな」

荻野がぼやくように言った。

「いい人見つかるといいね」

「くそ、余裕かよ」

笑い合うとわだかまりも消えていく。もう少しも心に引っ掛かるものがないからだ。

「雪郷によろしくな」

「伝えないけどわかった」

家でやきもきしながら待っているはずの恋人の顔を思い浮かべると、それだけで幸せな気持ちになる。蒼の顔つきに、「やってられねえな」と荻野が嫌そうに首を振った。

「みんなにそれ言われる」

「だろうな」

「みんな幸せになってほしいな」

荻野がはー、とため息をついた。いつの間にか話を聞きつけていた嶋田が近くでにやにやしている。

「ほんとにまじで」

「やってられねえ」

合言葉のように荻野と嶋田のタイミングがぴったりと合い、旧友三人で同時に笑った。

この本を読んでのご意見、ご感想などをお寄せください。
安西リカ先生・街子マドカ先生へのはげましのおたよりもお待ちしております。

〒113-0024　東京都文京区西片2-19-18　新書館
[編集部へのご意見・ご感想] ディアプラス編集部「彼は恋を止められない」係
[先生方へのおたより] ディアプラス編集部気付　○○先生

-初出-
彼は恋を止められない：小説DEAR+20年ナツ号（Vol.78）
STOP!：書き下ろし
キスマーク：書き下ろし

[かれはこいをとめられない]
彼は恋を止められない

著者：安西リカ あんざい・りか

初版発行：2021年8月25日

発行所：株式会社 新書館
[編集] 〒113-0024
東京都文京区西片2-19-18　電話（03）3811-2631
[営業] 〒174-0043
東京都板橋区坂下1-22-14　電話（03）5970-3840
[URL] https://www.shinshokan.co.jp/

印刷・製本：株式会社 光邦

ISBN978-4-403-52536-0